U0548377

前　言

小心地拿刀切西瓜；朋友从操场远处跑过来；教室的窗户被夕阳染成了红色……这些都是我们用眼睛看到过的景象。

但是，当你读到上面这段文字时，是不是脑海中马上浮现出了文中所描述的画面？

其实，我们在"看"的同时，不仅眼睛在工作，大脑也同样进入了工作状态。

眼睛看到的信息与大脑中储存的大量信息结合，再通过完善处理，才最终形成我们"看到"的景象。

平日里，我们并不会感觉到大脑在工作。但是，在某些特殊的瞬间，我们却能够切实感受到大脑所发挥的作用。

每当这时，我们都会觉得世界看起来似乎有一些不可思议。

在错觉中，这种"看"和"看到"之间的转变被称为"视错觉"。

在本书中，我们将体验到各种各样的视错觉。

让我们在愉快阅读的同时，一起感知眼睛和大脑的神奇功能吧！

学会独立思考

你所见到的不一定是真的

[日] 曾木诚 主编

[日] 市村均 文　[日] 伊东浩司 图

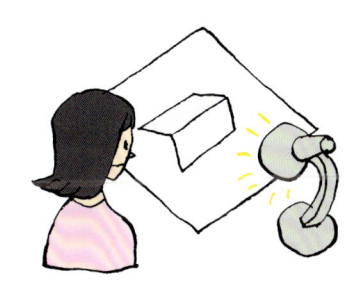

肖潇 译

北京联合出版公司
Beijing United Publishing Co., Ltd.

目录

◎ 第1章　奇妙的形状和图案 …………………………………… 3

　是长？是短？ ………………………………… 4
　是大？是小？ ………………………………… 6
　是凸？是凹？ ………………………………… 8
　是直？是弯？ ………………………………… 10
　是有？是无？ ………………………………… 12
　能读？不能读？ ……………………………… 14
　"看"和"看到" ……………………………… 16

◎ 第2章　奇妙的运动和颜色 …………………………………… 17

　旋转的图案 …………………………………… 18
　摇晃的图案 …………………………………… 20
　消失的图案 出现的图案 ……………………… 22
　说谎的颜色 …………………………………… 24
　反转的颜色 …………………………………… 26
　动画的小秘密 ………………………………… 28
　试着做一段动画吧 …………………………… 30
　看到颜色的原理 ……………………………… 32

◎ 第3章　绘画和照片里的诡计 ………………………………… 33

　不可思议的世界 ……………………………… 34
　双重意象 ……………………………………… 36
　隐藏着脸的图片 ……………………………… 38
　骗人的空间 …………………………………… 40
　拍照小技巧 …………………………………… 42
　挑战拍摄特效照片！ ………………………… 44

索引 …………………………………………………………………… 46

你所见到的不一定是真的

第1章
奇妙的形状和图案

你一定认为，1米的长度，无论在哪里测量都是1米，对不对？实际上，在我们的大脑中，存在着许多不太一样的"1米长"。虽然有的物体无论长度、大小还是形状，实际测量显示是完全一样的，但看上去却感觉它们完全不一样。接下来，就让我们体验一下那些奇妙的形状和图案吧。

是长？是短？

本节介绍关于长度的视错觉。让我们来确认一下，眼睛看起来的长度和实际测量的长度是不是一样吧。

● 宽度和高度，哪个更长？

这是位于美国圣路易斯市一个公园里的巨型建筑。实际上，这个建筑的地面跨度和高度是一样的。

> 看上去，拱顶到地面的垂直距离更长。
> —— 小翔

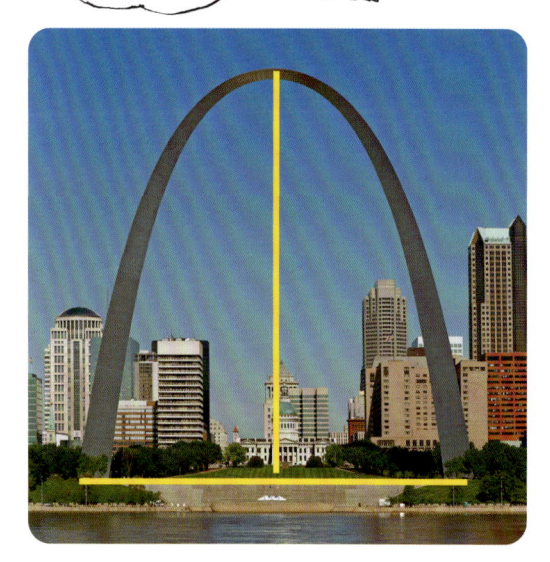

与地面上两个支撑点之间的长度相比，似乎拱顶到地面的垂直距离看起来更长。即使把照片横过来看，也还是一样的感觉。

> 下面我们用直线演示一遍。你猜，横、竖两根线长度一样的是哪张图？然后用直尺验证一下你的猜测吧。
> —— 埃舍尔博士  

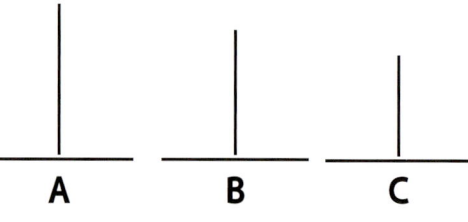

● 这两截圆木，哪根更长？

这两截圆木的长度其实是一样的。但是，恐怕绝大部分人都会觉得竖着摆放的那根更长。

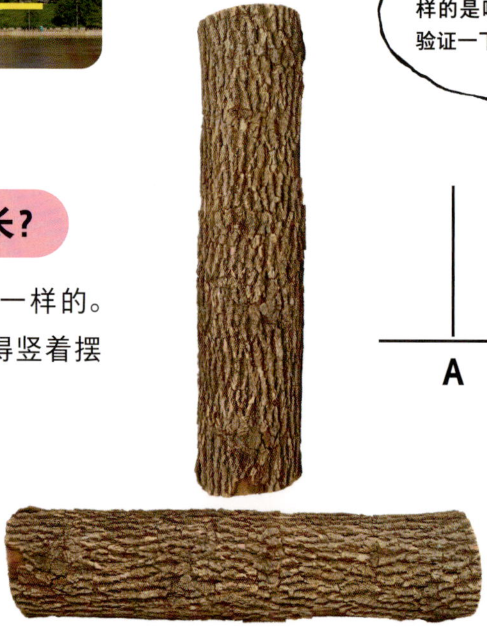

A　　B　　C

> 答案是A！可能是因为横线好像被竖线分成了左右两段，所以看起来短一些。
> —— 真美

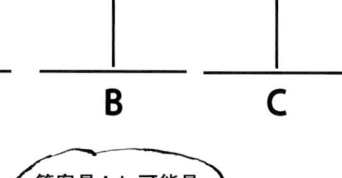

● 菲克错觉（Fick illusion）

近处的木棍和远处的木棍，哪根更长？

我们在左侧的照片上放置两根长度相同的木棍，会发现放在远处的木棍看起来更长。

> 我们把照片中的道路边缘提取出来。

> 照片中的道路越向上延伸越窄。

为什么？ 从眼前向远方延伸的物体，像道路和路边的白线等，它们融在景色中，看上去会变成纵向的线。即便是在纸上画出长度相同的线，也是纵向的线看起来更长，这是由于我们在不知不觉中，会认为纵向的线都是向远处延伸的。

● 蓬佐错觉（Ponzo illusion）

不可思议的桌子

下面是一张看起来细长的桌子和一张看起来宽大的桌子。其实，两张桌面是完全一样的平行四边形。

● 谢泼德桌面错觉（Shepard table illusion）

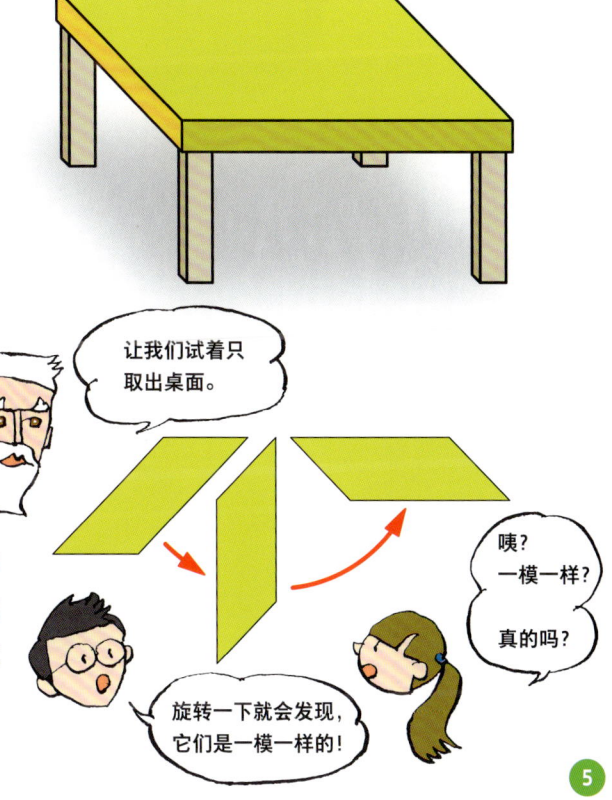

为什么？ 即便是同一个图形，当变换了角度或者与桌脚之类的图形组合后，就会让人感觉图形好像向远方延伸了，看起来就像是变成了完全不同的形状。

> 让我们试着只取出桌面。

> 旋转一下就会发现，它们是一模一样的！

> 咦？一模一样？真的吗？

是大？是小？

这一节，我们来比较相同图形的大小。
同一个图形，由于位于周围的物品或者其自身摆放方式不同，其大小看起来也会产生差异。

● **哪个甜甜圈更大？**

下图中，位于中间位置的两块甜甜圈，大小是一样的。但是，即便是同样的物体，由于周围的参照物不同，看起来大小也会有很大的差异。

● 艾宾浩斯错觉（Ebbinghaus illusion）

为什么？ 用拇指和食指比一下图中两块甜甜圈的直径，或者用直尺测量一下两块甜甜圈的直径，你会发现，虽然两块甜甜圈看起来大小不同，但是其实它们的大小是一样的。虽然甜甜圈周围的参照物使眼睛产生了错觉，但是直尺测量的数据确定了它们的实际大小。

● **哪个碟子里的曲奇饼干更大？**

试着把大小相同的两块曲奇饼干放入不同的碟子里。

我给真美的蛋糕比较小，如果把蛋糕放在小碟子里，她就不容易看出来了吧？

● 德勃夫错觉（Delboeuf illusion）

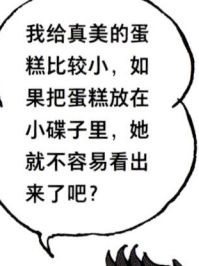

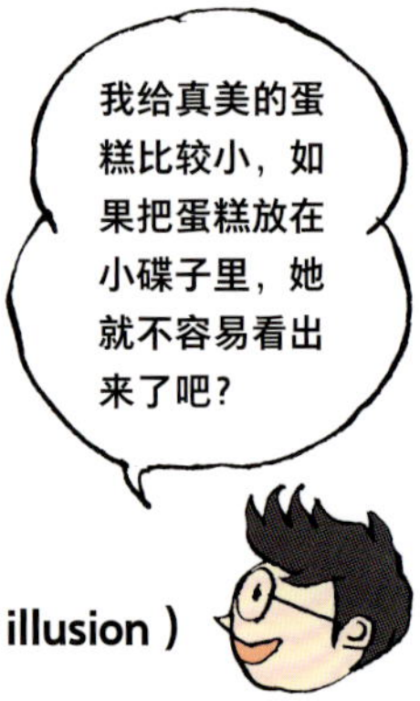

哪块年轮蛋糕更大？

有时，即使周围没有其他物品，仅仅因为摆放方式不同，两个同样大小的图形看起来也会不一样。

> 这样看起来下面那块蛋糕更大……

> 如果并排摆放，两块蛋糕看起来大小差不多。

● 贾斯特罗错觉（Jastrow illusion）

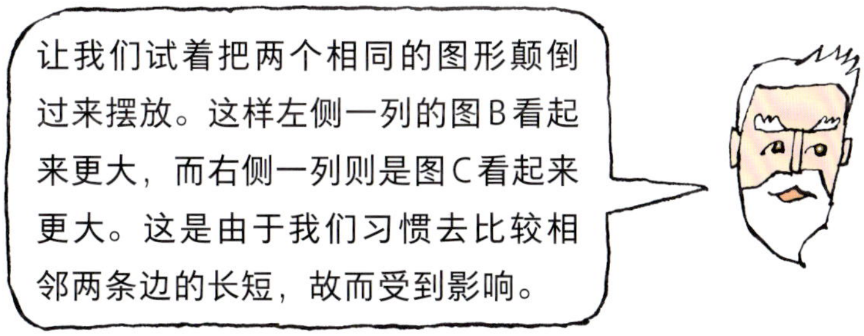

让我们试着把两个相同的图形颠倒过来摆放。这样左侧一列的图B看起来更大，而右侧一列则是图C看起来更大。这是由于我们习惯去比较相邻两条边的长短，故而受到影响。

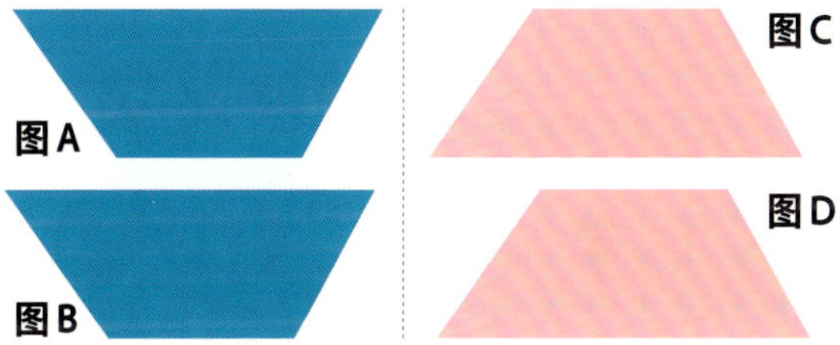

图A / 图B / 图C / 图D

试试看！

试着测量满月的大小，会发现什么呢？

傍晚，刚刚升起的满月位置较低，看起来非常大。午夜时分，它升到高空，看起来就小得多了。

我们可以用参照物（如指环）测量满月的大小。当满月刚升起时，手拿参照物，伸直胳膊，测量出满月的大小；等满月升到高空后，再在同样的位置，用同样的方式测量一次。

> 咦？和傍晚时相比，大小并没有发生变化。

> 可是现在看上去那么小……

7

是凸？是凹？

有时，明明是凸出来的东西，看上去却是凹进去的，明明是凹进去的东西，看上去却是凸出来的。为什么会出现这种情况呢？

沙滩上的脚印

下面的两张照片，其实是摆放方向相反的同一张照片。现实中，有些人看左边照片上的脚印是凹进去的，还有些人看右边照片上的脚印是凹进去的。

> 左边照片上的脚印是凸出来的。

> 嗯？我觉得是凹进去的呀。

> 你们把书倒过来再看一看。

为什么？ 光照在物体上，会产生影子。当我们的前方有着开阔的天空，并且十分明亮时，会在凸出的物体下方、在凹陷的物体上方形成影子。

上面的两张照片，虽然只是平面照片，但是在我们的大脑中，会把光投过来的方向和影子的形成方式联系起来，所以看起来照片上的脚印是立体的。每个人的大脑都有独特的思维习惯，因此即使是同一张照片，也会有人认为脚印是凸出来的，有人认为脚印是凹进去的。

凹洞错觉（crater illusion）

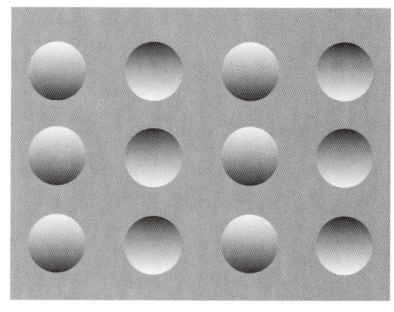

在这张图片中，上半部分是白色的圆形看起来是凸出的，而上半部分是黑色的圆形看起来是凹陷的。试着把书倒过来，再观察一下这些图形吧。

有魔力的线 1

让我们折一个类似屋顶的形状。屋顶的形状与书本类似,看上去既像是立着的,又像是趴着的。

> 轻轻地左右转动头部,看看会发现什么?

❶ 取一张明信片大小的白纸,沿中线对折。在桌子上铺一张白纸,将折叠过的纸放在上面。
❷ 让光从右侧照射过来,将折痕笔直地朝向自己。
❸ 试着只用一只眼睛从纸面斜上方45度的角度观察。看看折痕看起来是凸出的还是凹陷的?

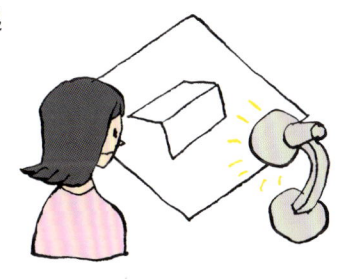

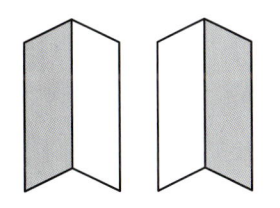

这就是著名的"马赫带效应"。即便产生了影子,由于观察方式不同,也会看到两种不同的形态。

有魔力的线 2

画一个大正方形和一个小正方形,用直线将它们对应的角一一连起来。一直盯着完成后的图形看,会觉得小正方形时而向上凸起,时而向下凹陷。

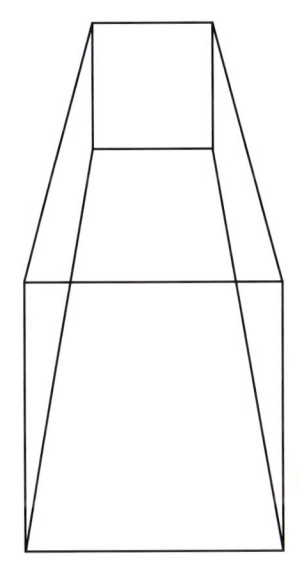

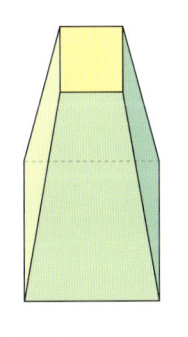

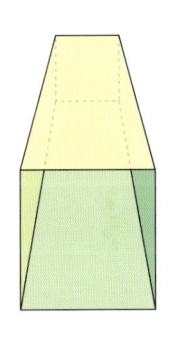

将其中的几条线以虚线的形式表示,并且绘制出阴影,就能明白我们为什么会交替看到两种图形了。

◎ 没办法一直往前走?

据说,有一家商店在地面上绘制了波浪形花纹。这样一来,顾客就会很小心地慢慢挪动脚步,从而有更多的时间浏览商品,进而提升了销售额。

> 如果是照片上的这种地板,恐怕就没有人会在上面走来走去了。

是直？是弯？

有时候，看起来弯弯曲曲的线，其实是由许多笔直的线排列在一起形成的。

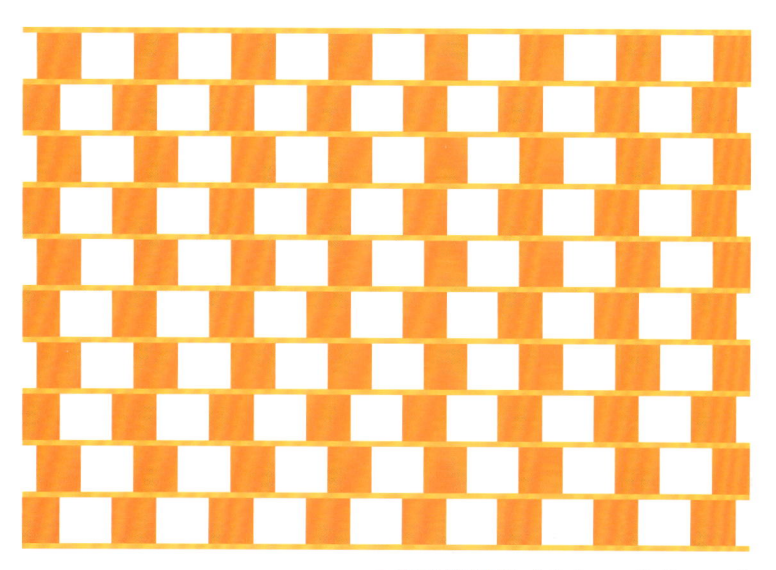

这是一种强烈的视错觉。

● 咖啡墙错觉（Café wall illusion）

弯弯曲曲的瓷砖

虽然看上去横线是歪歪扭扭的，但如果用直尺比一下就会发现，所有的横线都是平行的直线。

橙色和白色的瓷砖，其实都是大小相同的正方形。

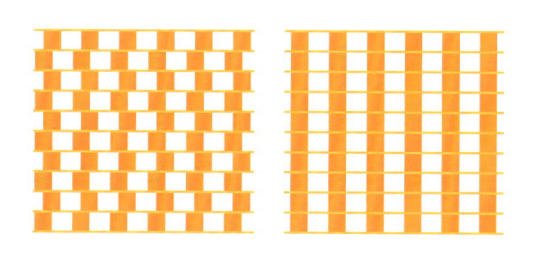

为什么？ 在我们的大脑中，存在着一个感知看到的物体是否倾斜的机制。当颜色深浅不一的图形交叉排布在一起时，大脑中的这一机制就会被唤醒，感觉图形好像是倾斜的。如果我们不让这些图形交叉排列，而是令交界处保持整齐一致，横线看上去就不是弯曲的了。

斜线的恶作剧

菜板左侧露出的，究竟是右边的哪根筷子呢？

是不是最下面那根呢？

为什么？ 有观点认为，当几条线以较小的角度排列在一起时，大脑会将角度放大。实际上，图中左侧露出的，并不是右侧最下面的那根筷子，而是最上面的那根。

右图中的三段斜线看上去倾斜角度各不相同，实际上连起来却是一根直线，其与较粗的长方形交叉时，所形成的角度看起来较大，因此看上去倾斜角度各不相同。

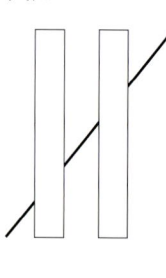

● 波根多夫错觉（Poggendorff illusion）

瓢虫的排列方式

这几只瓢虫并不是随意排列的。用线将它们连起来,会发现它们形成了一个平行四边形。

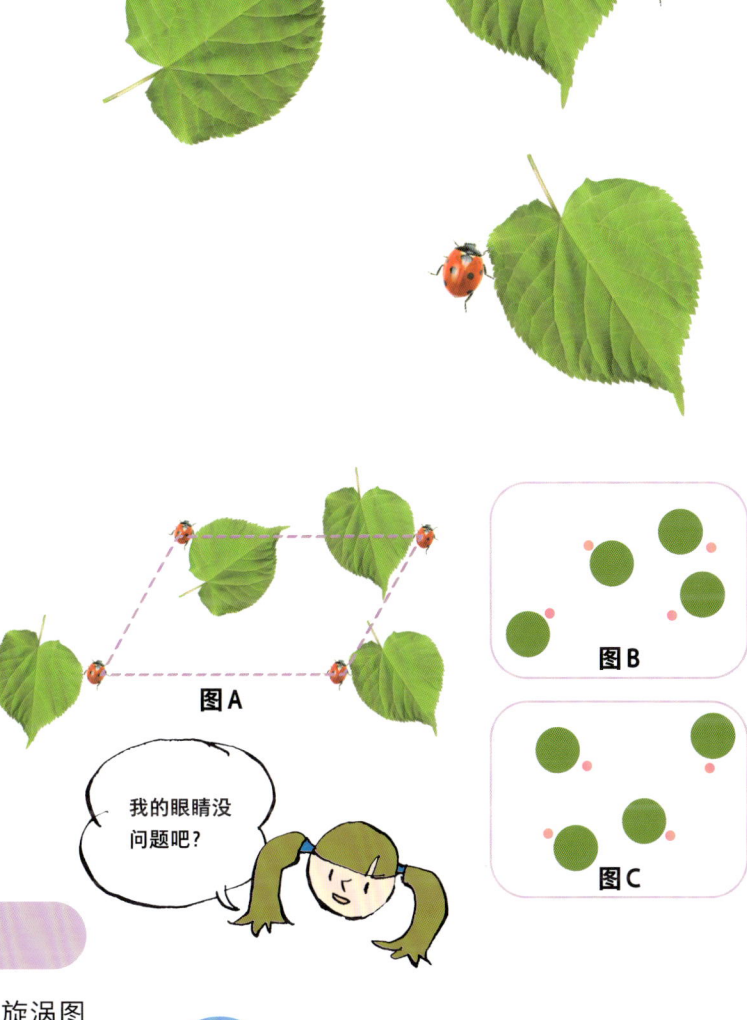

为什么? 右图中图B、图C上的粉色小圆点,表示的都是图A中的平行四边形的角所在的位置。但是肉眼看起来,图B、图C中圆点的排列方式并不一样。

当旁边有较大的图形(如绿色大圆点)时,小圆点就好像受到了引力的作用,朝着较大图形所在的方向偏移。

图A

图B

图C

我的眼睛没问题吧?

奇妙的旋涡

试着用手指沿深蓝色和浅蓝色组成的旋涡图案划动。

为什么? 这些由深蓝色和浅蓝色组成的斑斑驳驳的线,其实是圆心相同、直径不同的同心圆。

· 深色和浅色的图案好像扭在一起的绳索一样相互错开。
· 相互错开的图案排列在一起,好像在向中心聚集。
· 中心附近的图案环宽看起来较细。

这些元素重合在一起,就形成了图中我们所看到的形似旋涡的图案。

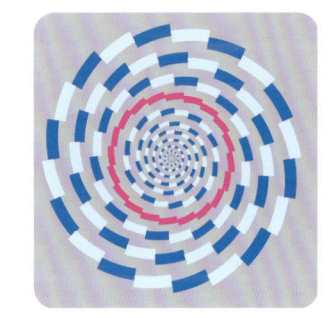

● 弗雷泽错觉(Fraser illusion)

是有？是无？

明明什么都没有，看上去却好像有什么东西，这也是一种骗人的错觉。

灵异的三角形

右图有一个缺了一角的黄色圆形和一个红色折线。分别取3个这样的圆形和折线，按照下图的方式摆放在一起，会发现什么呢？

咦？图形的正中间出现了一个白色三角形。

你有没有注意到一个奇妙的现象：这个三角形看上去比周围的其他部分更白、更明亮。

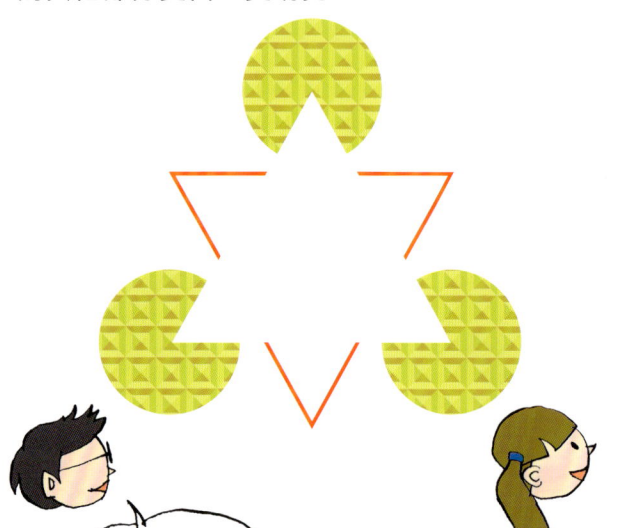

现在，我们在三角形的中央和外面各加上一个蓝色的圆点。与外部的圆点相比，三角形内部的圆点是不是看上去浮起来一些？

> 看起来好像下面的图案被白色三角形遮住了一部分。

> 虽然没有影子，但是看起来好像是立体的。

● 卡尼萨三角（Kanizsa Triangle）

为什么？ 在我们日常看到的景象当中，如果一条线中途断裂，那么大多是由于被什么东西给挡住了。因此，在看到这样的图片时，或许大脑也会做出同样的推理，使得我们感觉好像看到了一些简单的图形（在本页的图中看到的是三角形和圆形）。

奇妙的白点

在线条即将交汇的地方，可以清晰地看到白色的圆形。

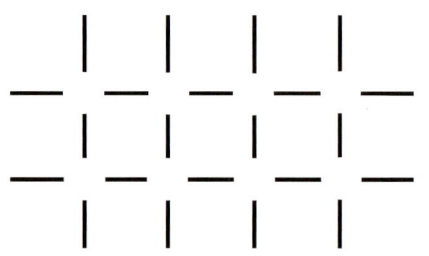

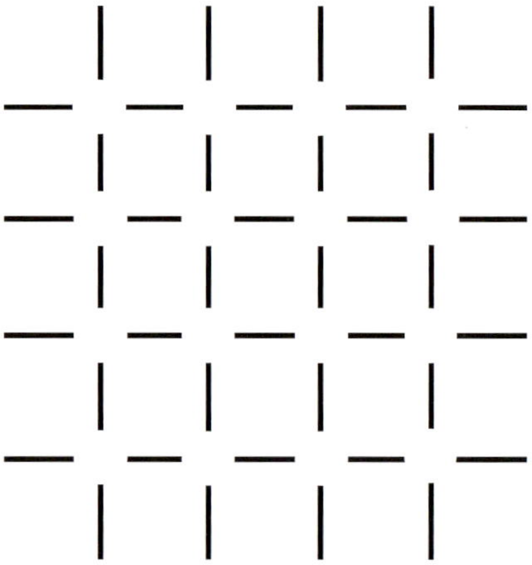

● 埃伦施泰因错觉（Ehrenstein illusion）

看得出的立方体

接下来，我们要了解的是从一些散乱的线条中看出立体图形的视错觉。

> 这些箭头看起来摆得乱七八糟的。

> 呀！像上面这样排列起来，就能看到一个立方体了。

> 将线条换成白色，放在圆形中，就会浮现出一个立方体。

为什么？ 有观点认为，大脑可以将断断续续的视觉信息连起来，在我们眼前呈现出一些最常见的图形。

隐藏起来的文字

在右侧上面的图中，中间线条方向不同的部分能够看出字母"H"。如果将线条发生弯折的部分用笔连起来，可以看得更加清晰。

在右侧下面的图中，通过线条粗细、间隔和弯曲方式的变化，呈现出了一个立体的心形。这是图案的颜色深度（图案的聚集方式）差异产生了类似影子效果的缘故。

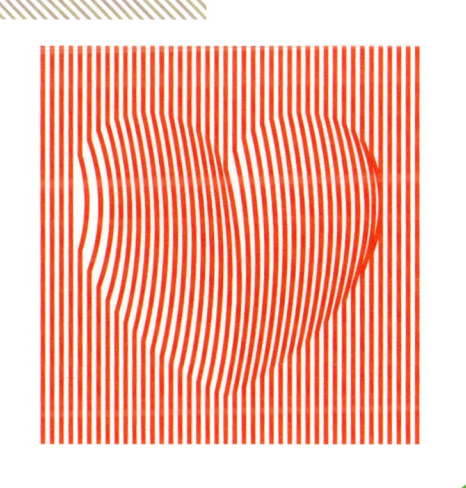

> 单是线条也能看出各种不一样的形态呢！

能读？不能读？

平常，我们是如何阅读文字的呢？文字的呈现方式与对语言的理解之间存在着怎样的关联？接下来，让我们了解一些和文字有关的视错觉。

● 不可思议的图案

这里有一些像黑色污点的图案散乱地排列着。请你试着在上面的白色部分放上一支铅笔，在下面的白色部分放上一枚硬币。

> 放上铅笔和硬币后，居然能读出文字了！

下图中这些灰色的部分又是什么呢？请你试着在灰色部分的上方和下方各放上一支铅笔。

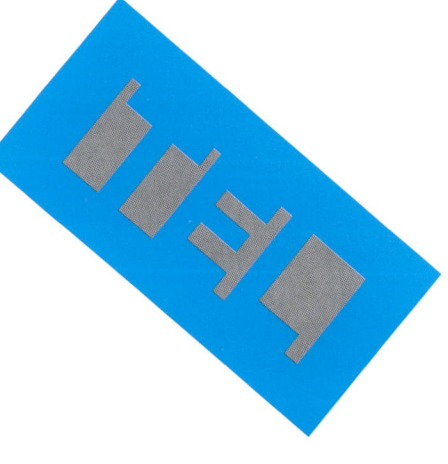

为什么？ 之所以放上铅笔和硬币后，文字马上就能读出来，是由于我们首先向大脑传达了"这下面隐藏着什么"的信息，大脑随后对隐藏的部分进行推测，补全了缺损的图形。正是因为大脑会自然而然地将视野中被隐藏的东西补全，我们才能更轻松地生活。

前言不搭后语的文章

真美收到了一封信。我们试着读一下吧。

> 你好。最天气近暖和很，樱马上花就开了要。之我们前经约曾定过，盛樱时花开，大家一公起赏去园花。我期很待那天一到的来。

嗯……倒是读懂了其中的意思……

如果一字一句认真读，就会发现字排得乱七八糟的。

为什么？ 即使文字的排列顺序不对，也能读懂文章的意思，这是由于只要大致看一眼文字的排列，我们就会在脑海中形成文章。只要词语和短语开头和结尾的字是正确的，我们的大脑就会想象出正确的文字，按照正确的顺序将它读出来。

虽然字的列排序顺对不，但是睛眼早已住记了这些词正确的序顺，此因也能利顺下来读。

出错的大脑

纵向阅读右边呈十字形排列的文字时，中间的文字是"13"；横向阅读时，中间的文字又可以读成"B"。将中间的形状看成数字还是字母，是大脑根据经验对信息进行补充后读出来的。

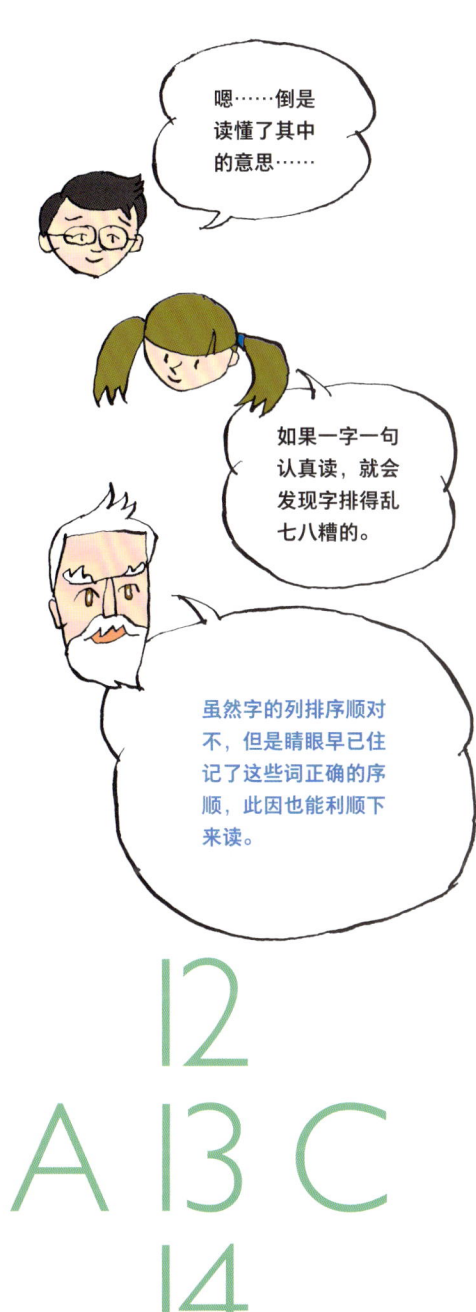

```
    12
A  13  C
    14
```

谜语　图中有几个"赤"字？

观察左图5秒钟，然后回答图中有几个"赤"字。

图中既有红色的"青"字，也有蓝色的"赤"字，由于存在文字的意思和颜色不符的情况，所以很难快速得出答案。这就是大脑混乱的证据。

"看"和"看到"

在我们的眼睛和大脑中，究竟发生了什么？

1 进入眼睛里的光，会抵达位于眼睛深处的屏幕——"视网膜"上。

2 光的方向、强弱、颜色（光波长）等信息会转化为电信号，传递到大脑。

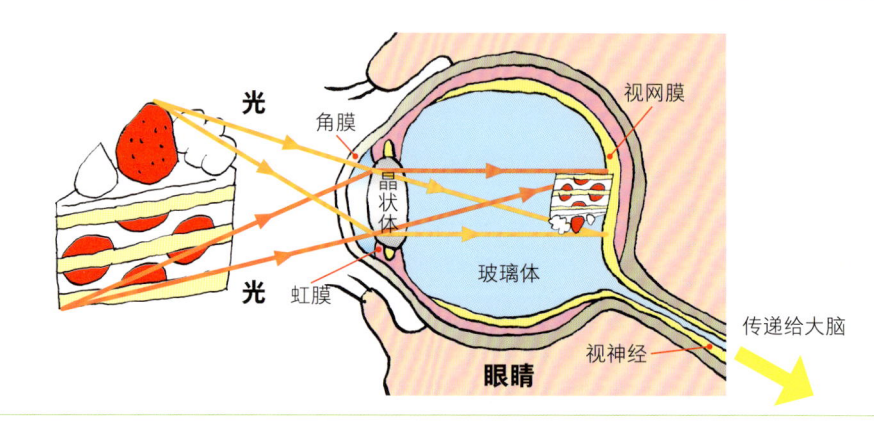

3 通过视神经的交错，两只眼睛右侧视野的景象会传递到大脑左侧深处的视觉皮质区，而左侧视野的景象则会传递到大脑右侧深处的视觉皮质区。

4 视觉皮质区对来自眼睛的信息进行处理，向大脑传递各种信息。

顶叶的信息路径
从传递到大脑上方（顶叶）的信号中，感知物体的位置关系和动态，进而决定应该如何展开行动。

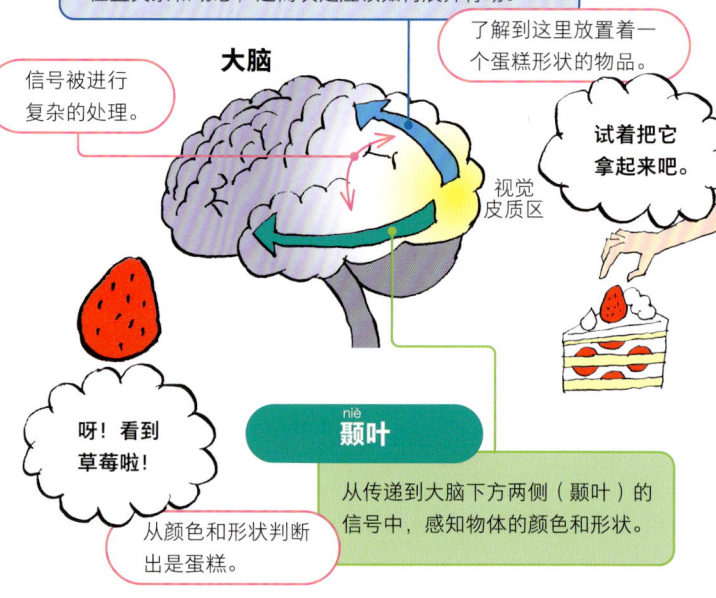

了解到这里放置着一个蛋糕形状的物品。

试着把它拿起来吧。

信号被进行复杂的处理。

呀！看到草莓啦！

从颜色和形状判断出是蛋糕。

颞叶
从传递到大脑下方两侧（颞叶）的信号中，感知物体的颜色和形状。

我们之所以感觉"看到"了东西，是由于进入眼睛的光转化成了电信号，被传递到大脑中，大脑对这些信息进行复杂的处理，重新在脑海中构建起立体的景象。

此时，大脑从平面排布的信息中得知物体的深度，通过光的方向感知物体的凹凸形状，将看不见的文字补全，引导我们顺畅地开展行动。

当这些隐藏在我们大脑中的功能暴露出来时，就是视错觉出现的时候。

你所见到的不一定是真的

第 2 章
奇妙的运动和颜色

在这一章中，我们要介绍一些奇妙的图案和颜色，如分明是静止的，看起来却像在运动中的图案；分明涂了色，却又消失不见的颜色；分明一模一样，却看上去不同的颜色；等等。或许你会认为，产生这些现象的原因是当时眼睛和大脑没有处于正常的工作状态。然而，有观点认为，正是由于人体器官存在这样的不可思议的工作方式，我们才能更加自如地活动。看到这一章的内容，你一定会大吃一惊。

旋转的图案

这一页所展示的图案,是印在纸上的,按理说不应该会动。然而,看上去它们是不是在骨碌碌地转动?让我们一起来探寻其中的奥秘吧。

注意! 在看视错觉图的过程中,如果产生生理上的不适,请立即停止观看。此外,对视错觉图的感受效果有强有弱,因人而异。

本页的视错觉图参考日本立命馆大学北冈明佳教授的个人主页"北冈明佳的视错觉主页"(http://www.ritsumei.ac.jp/~akitaoka/)中的作品和基本图形制作而成。

不断转动的蛇?

让我们轻轻转动头部,同时进行观察。紫色和黄色的图案看起来好像在朝着颜色凸起的方向慢慢转动。

哇!"蛇"看起来好像在动呢!

想让它停下来,可还是感觉它在不停地转。

旋转的 柠檬？

这些图案像是黄瓜或者柠檬的横截面，看上去似乎每个横截面都在朝着有白线的方向转动。

为什么？ 看起来会动的图案有很多种，其中一种是通过颜色的深浅排布来产生动态效果的。这里展示的图案就属于这一种。浅色、黑色、深色、白色这样的排列顺序，会令大多数人感觉图案在朝着下图所示的方向转动。

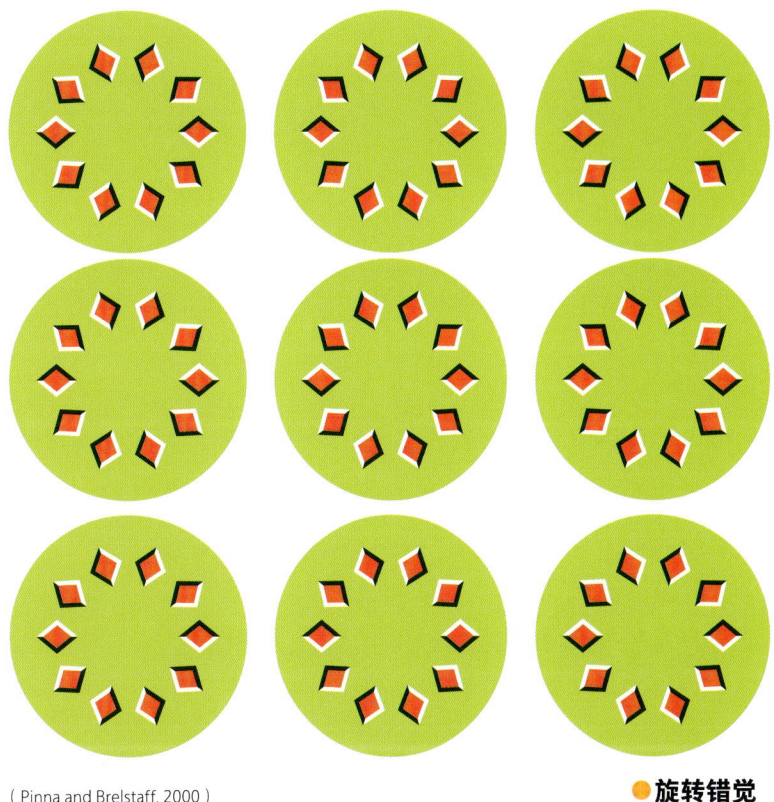

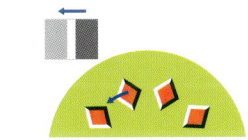

（Pinna and Brelstaff, 2000）

● 旋转错觉

● 平纳错觉
（Pinna illusion）

观看时要紧盯中间的黑点，同时轻轻转动头部。

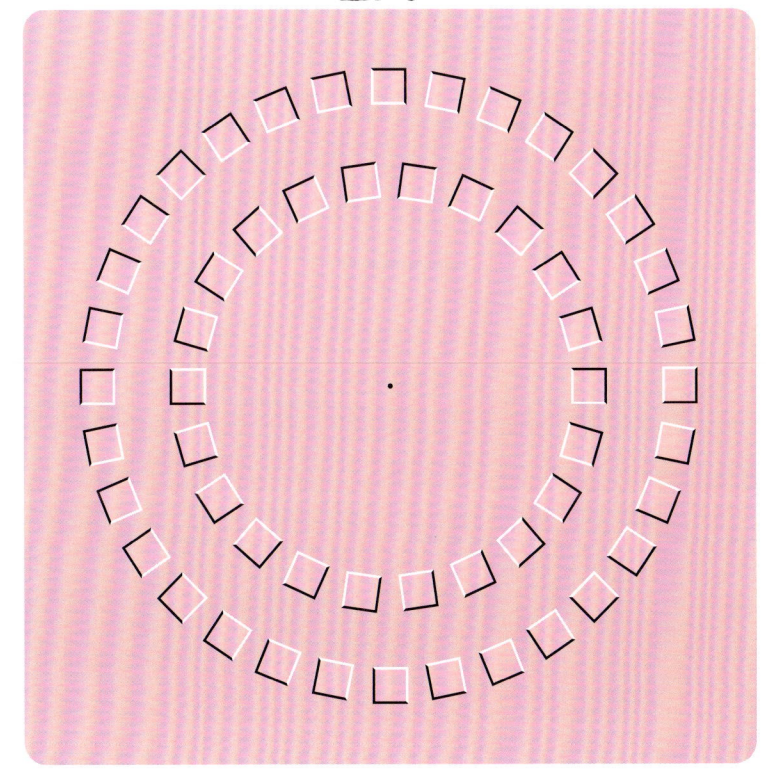

旋转的 齿轮？

眼睛一直盯着中间的黑点，然后试着让脸靠近或远离图片。你会看到位于外侧的齿轮在脸靠近图片时好像在顺时针旋转，而在脸远离图片时好像在逆时针旋转；而位于内侧的齿轮旋转方向则恰好相反。

为什么？ 为什么有的图案看起来会动？这个问题目前还没有明确的解释。在眼睛靠近或远离图案时，图案的位置会在眼中发生变化。有观点认为，每一个捕捉光的细胞只能看到极其微小的一部分，因此有一个瞬间，细胞没有感知到图案位置所发生的变化。此时，大脑就会自动补充这种动态，将这种位置的偏移加以修正。这时，图案看起来就在动了。

摇晃的图案

不仅有骨碌碌旋转的图案,还有看起来起起伏伏的波状图案和左右摇晃的图案。

注意! 在看视错觉图的过程中,如果产生生理上的不适,请立即停止观看。此外,对视错觉图的感受效果有强有弱,因人而异。

本页的视错觉图参考日本立命馆大学北冈明佳教授的个人主页"北冈明佳的视错觉主页"(http://www.ritsumei.ac.jp/~akitaoka/)中的作品和基本图形制作而成。

摇晃的**方块**

图中所有的深橙色和浅橙色色块都是正方形,像黑白方格旗一样整齐排列在一起。但是,仅仅是在每一个角上加上黑色或白色的十字,就让人感觉中间部分好像被风吹动的旗子一样飘了起来。头稍微转动一下,会觉得它动得更明显。

> 用直尺测量一下,会发现它们其实是笔直排列在一起的。

> 黑、白十字的排列方式很奇怪。

为什么? 这个图案与第19页的旋转图案一样,按照浅色、黑色、深色、白色的顺序排列,令图案看起来好像波浪一样在晃动。

骨碌碌转的窗户

盯着这张图看，是不是感觉中间的圆形图案在晃动，或者感觉中间的圆形图案比外侧的图案位置更深？

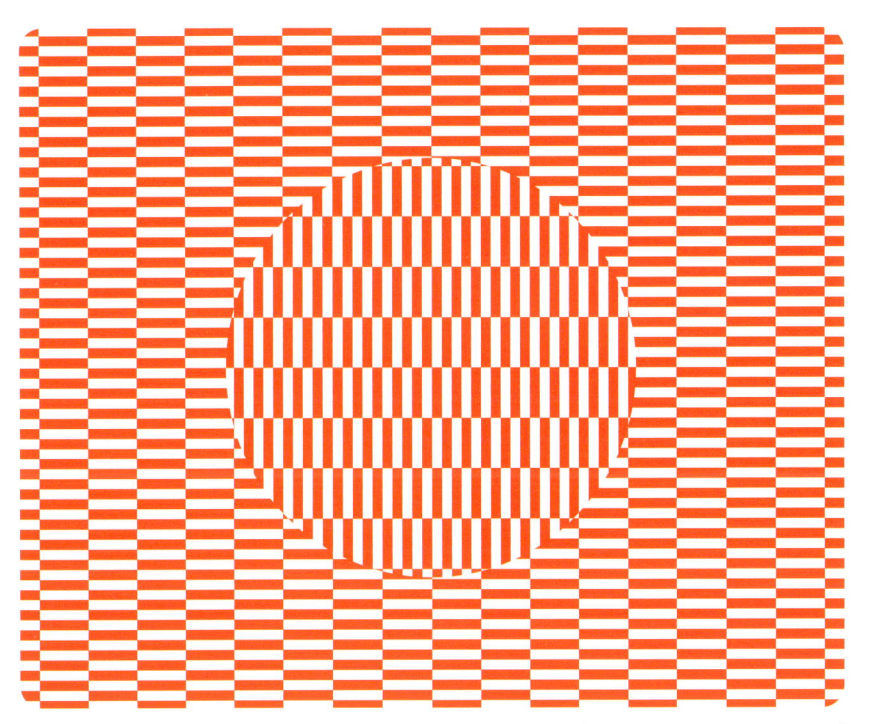

● 大内错觉（Ouchi illusion）

（Ouchi, 1977; Spillmann et al., 1986）

> 这张图的关键在于白色和红色这两种色彩明亮的长方形的排列方式。

> 试着不断地把眼睛睁大和眯起，会更明显地感觉到图案在动。

案板上的鲷鱼？

试着轻轻晃动书页，有没有发现图中所画的鱼的图案摇头摆尾地动了起来，看上去好像活了一样？

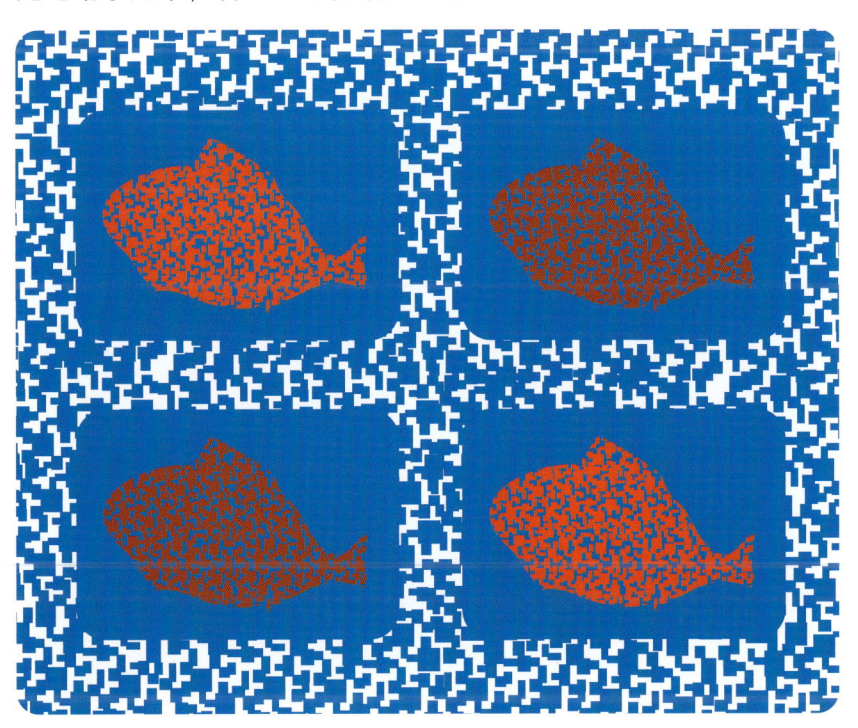

该视错觉图参考日本立命馆大学北冈明佳教授的个人主页"北冈明佳的视错觉主页"（http://www.ritsumei.ac.jp/~akitaoka/）中的作品和基本图形制作而成。

> 呀！看起来有点儿恶心！

> 像魔芋豆腐似的晃晃悠悠……

为什么？ 我们的眼睛即使在紧盯着一个物体看时，也不是完全不动的，而是在细微地活动。这种活动能让大脑从物体的性质和运动中获取更多信息。有些景物之所以看上去是静止的，是因为大脑将活动信息作为"不存在"的东西处理了。

然而，大脑将景物当成静止之物处理的时间存在差异。在这幅图中，与蓝白相间这种差异较大的图案相比，将颜色亮度差异较小的红蓝图案看成静止之物需要的时间更长，因此里面的图形看起来是摇晃的。

消失的图案 出现的图案

为看清某一物体,眼睛和大脑会努力发挥作用,但在紧盯某一物体时,有时会出现物体周围的颜色消失或物体周围出现闪烁亮点的情况。

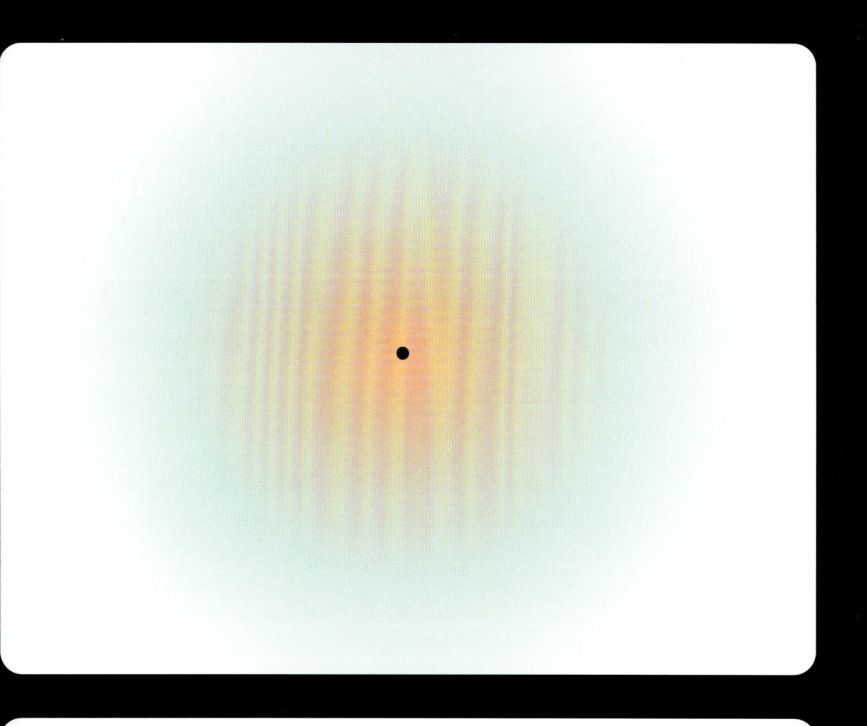

消失的图案

试着盯着图片正中间的点,尽量保持眼睛长时间一动不动,你会发现周围的颜色和图案在逐渐消失。

呀!蓝色的部分逐渐消失,变成白色的了。

为什么? 如果一直盯着中间的黑点看,眼睛正常的小幅度运动就会消失,同样的光就一直照在视网膜细胞上。这样一来,传递给大脑的信号就变得毫无变化,大脑也无法将其作为信息进行处理。尤其是偏离视线中心后,眼睛敏感度变得迟钝,模糊的颜色被作为"不存在"的东西加以处理,看上去好像消失了一样。

稍微活动一下眼睛,就又能看见了。

闪烁的 交叉点

请注意观察图A中纵横交错的白色直线的交叉点，看上去好像周围的颜色在交叉点处闪闪烁烁似的。在图B中，直线是灰色的，而交叉点是白色的圆形。这样一来，闪烁感看起来就更强烈了。

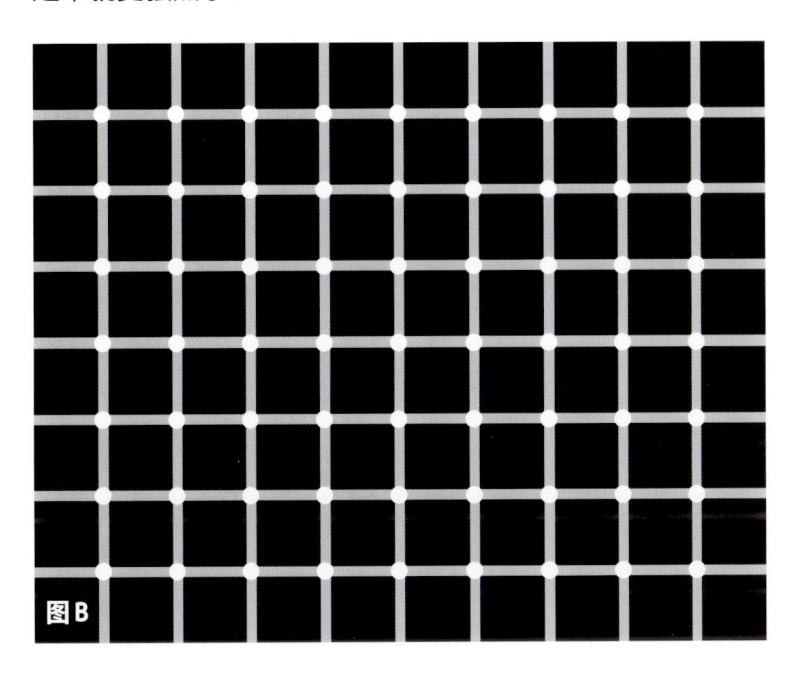

注意！ 在看视错觉图的过程中，如果产生生理上的不适，请立即停止观看。此外，对视错觉图的感受效果有强有弱，因人而异。

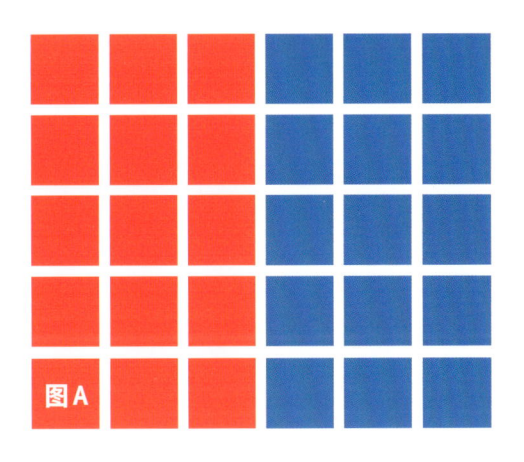

图A

图B

为什么？ 为什么会产生这样的视觉效果，目前还没有明确的解释。有观点认为，大脑感知亮度的工作机制，受到眼睛细微运动的影响，从而使得交叉点看起来较暗。

图片利用"StereoPict ver1.11©帽子屋"制作而成。

立体画

—— 令人惊讶的凸出图形 ——

仔细盯着图片看，努力把图片上的2颗黑色★看成3颗。然后继续目不转睛地看，会发现图案变得立体起来。

我们的左眼和右眼看到的景象，会因为眼睛位置的不同而产生偏移。我们正是利用这种偏移，在大脑中描绘出物体的立体图像。

在这张图片里，图案中就藏着这样的偏移。通过目不转睛地盯着看，这种偏移会被传递到大脑中，令我们感觉图案变得纵深了。

试着长时间盯着这张图，努力把图片上的2颗黑色★看成3颗。

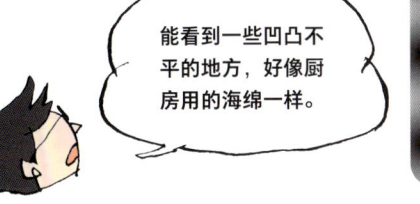

哇！好厉害！

能看到一些凹凸不平的地方，好像厨房用的海绵一样。

说谎的颜色

颜色是一种非常不可思议的东西。根据看见的时间和地点的不同，同样的颜色看上去也会截然不同。

> 哇！我都不敢相信自己的眼睛了！

骗人的 瓷砖

在图A中，黄色笼子里的红色小鸟看上去颜色接近橙色，而在图B中，蓝色笼子里的红色小鸟看上去颜色接近紫色。然而实际上，两只小鸟都是同一种红色（图C）。同理，D和E两只笼子里的绿色小鸟也是同样的颜色（图F）。

为什么？ 眼睛在看一种颜色时，会同时观察周围的颜色。眼睛不擅长过于细致地识别颜色，因此对于细碎的图案，有时会把它与周围的颜色混在一起观察。

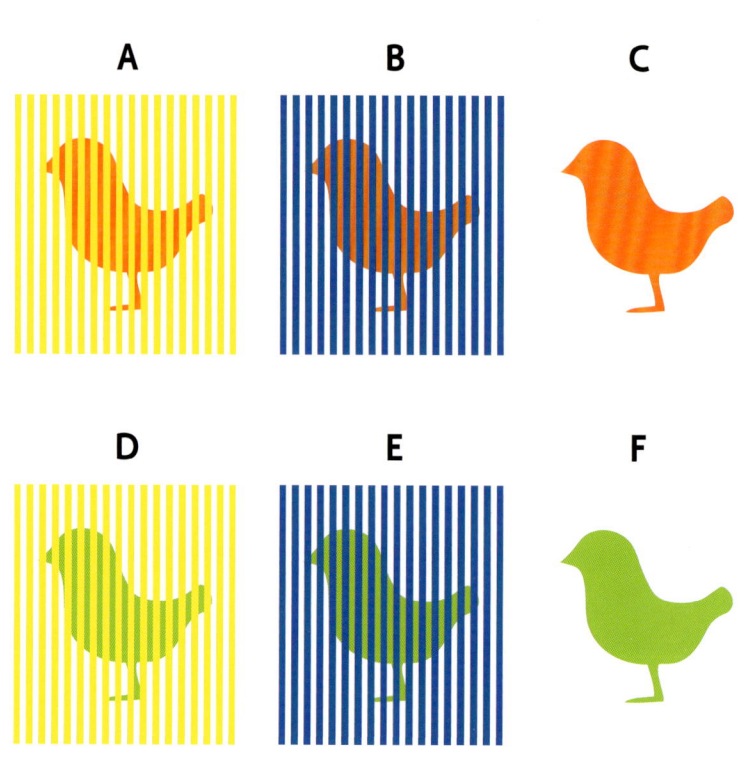

A　　B　　C

D　　E　　F

● 颜色的同化

浸染的 颜色

观察左边被两个双色线条夹在中间的部分，看上去似乎受到了内侧明亮线条颜色的浸染，也有了淡淡的颜色。然而实际上，夹在中间的部分是白色的，并没有任何颜色。

为什么？ 请注意：左边那些图案都是深色线条位于外侧，浅色线条位于内侧。深色线条与外侧的白色差异明显，颜色很难发生混淆。与此相反，浅色线条背景区域较为狭小，且呈白色，很难将二者识别开，因此容易发生颜色混淆。

● 水彩错觉

影子的恶作剧

你相信吗？黑白方格中的A和B两个色块，其实是完全一样色阶的灰色。

● **棋盘阴影错觉**
（Checker shadow illusion）
爱德华·H. 爱德尔森
（Edward H. Adelson），1993.

> 这绝对不可能！它们分明就是不一样的颜色！

> 这样吧，我们用一张白纸盖在图案上，在A和B所在的位置抠出两个小洞看一看。

> 天哪！颜色真的一样！

为什么？ 看到这张图，大脑会立刻反应出棋盘上有一个绿色的圆柱，因此圆柱的影子会落在棋盘上。与此同时，大脑会自动去掉影子去理解棋盘颜色。也就是说，大脑会做出这个棋盘由深色和浅色方格交替排列而成，A是深色格子，B是亮色格子的判断。其结果就是，即便实际上是亮度相同的格子，也会被看成具有不同的亮度。

此外，大脑在模拟颜色的深浅时，会努力让差别更明显。左图中三条色带左右各有两只动物，其实每条色带两边动物的颜色是完全一样，但由于背景色不同而看上去有深有浅，这就是大脑在强调颜色差异的缘故。

反转的颜色

有时，虽然进入眼睛里的光并不相同，但人们还是会感觉看到的颜色是相同的。这就是大脑的一种用以帮助人们行动的巧妙功能。

灰色的秘密

左图中"Trick or Treat（不给糖果就捣乱）"这句话是由各种颜色的字母排列而成的。在这句话上面盖上一层蓝色玻璃板（B），字母的颜色看上去似乎也没有什么变化。但是如图C所示，如果把玻璃板下的字母提取出来，就会发现"T"变成了灰色，"i"变成了黄绿色，和原本的颜色不一样了。

看上去不同，其实却是同一种颜色？

有的颜色即便在影子或周围的光的影响下发生了改变，我们的大脑也会认为它们是相同的颜色。

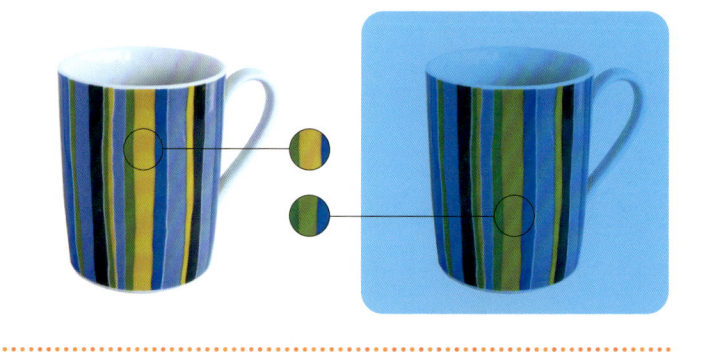

哪些部分的颜色是相同的？

位于蝴蝶右侧翅膀上的两块花纹，虽然看起来有些发蓝，但实际上与左侧翅膀上方的花纹一样，都是灰色的。

用手把蝴蝶围起来看看。哎呀，太不可思议了！

咦？左右两侧上方的花纹是同样颜色的吗？

为什么？ 在光线昏暗的地方和有色照明的地方，实际上眼睛是看不清楚颜色的。但是，大脑会通过之前的记忆（此处指的是左下方的蓝色花纹）等，对亮度和照明的颜色加以修正，让我们感觉到是"原来的颜色"。

着色魔术

目不转睛地盯着右侧上方图片中间的黑点，坚持30秒，然后马上看下面的黑白图片。

哇！黑白图片瞬间变成彩色的了！

为什么呀？

虽然我们一直在盯着橙色的天空看，但是一旦将视线移开，就会看到淡蓝色的天空。这就是问题的关键所在！

为什么？ 如果我们一直盯着明亮的东西看，随后闭上眼睛，会感觉之前看到的影像还残留在眼中。看颜色时也会发生类似的现象。比如，如果一直盯着红色看，眼睛感知红色的能力就会下降。此时，如果看到白色的画面，眼睛对其他颜色的感知能力会上升，但是对红色的感知能力却不能立即上升。因此，红色会被看成是天蓝色，绿色会被看成是明亮的紫红色，蓝色会被看成是黄色，看到的都是与其相反的颜色（参考第32页"补色"相关内容）。如果一直盯着有颜色的照片看，再把视线移向黑白照片时，会感觉黑白照片好像有了颜色，就是这个缘故。

● 补色关系

我们可以参照右图做练习。盯着左侧的图看20秒左右，然后看右侧的图，眼前应该会出现一个蓝色的圆。

动画的小秘密

电影和动画片也是利用视错觉制作而成的。我们的眼睛看到的东西，不会在大脑中立即消失，而是会残留在记忆中。大脑对前一幅画的记忆还没消失，接着又不断看到新的画面，这样就使静止的画面看起来像动起来了一样。在下面的内容里，让我们一边看过去的人们想到的制作手翻动画的原理，一边了解动画片的组成结构。

留影盘（thaumatrope）

在圆盘的正面和背面分别画上不同的图案，不断翻转圆盘，使得两幅画面合而为一。

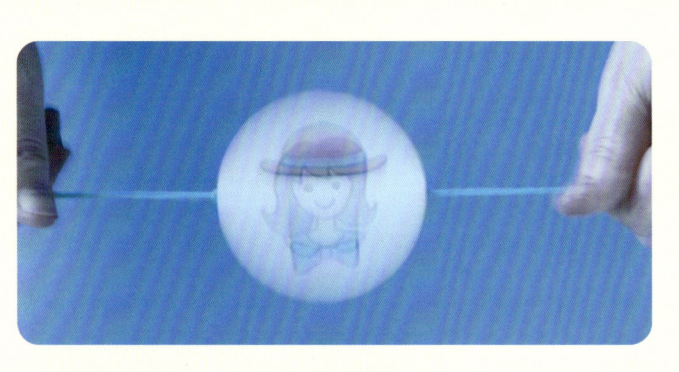

也可以用方形的纸来制作。还可以把筷子插在两张纸中间，代替橡皮筋旋转。

● 制作方法

1. 将厚纸板剪成圆形，两端留小孔。
2. 在两端的小孔处系上橡皮筋。
3. 将两张画好的图案分别贴在纸板的正面和背面（注意正面的图案上方对应背面的图案下方）。
4. 拉动橡皮筋，使纸板转动起来。

● 历史

据说这是19世纪时，由英国医生约翰·艾尔顿·帕里斯发明的一种玩具，当时非常受欢迎。

费纳奇镜（Phenakistoscope）

这种装置不止能让2张画动，甚至可以让10~12张画动起来，是电影和动画的雏形。

● 制作方法

1. 将厚纸板制成直径20厘米左右的圆盘，每30度画一条线作为标记。
2. 在圆盘上画出12幅逐渐变化的画。
3. 将圆盘背面涂成黑色或贴上黑色的纸。
4. 在所有相邻的两幅画中间切开一道约2毫米宽的细缝。
5. 用图钉或大头针将圆盘的中心固定在一根筷子上。
6. 对着镜子转动圆盘，从缝隙中观察镜中的图像。

● 历史

费纳奇镜是19世纪上半叶，由比利时数学家普拉托制造出来的。虽然单纯转动12幅画无法看到动态效果，但是透过黑纸上的缝隙去观察，在大脑中，一幅幅逐渐变化的图案就会像手翻书一样动起来。

西洋镜（Zoetrope）

一种将费纳奇镜做成圆筒形状，使其转动，从缝隙中窥视内侧图画的装置。

● 历史

据说是19世纪中叶由数学家侯纳发明的。图画画在长长的纸张上，可以更换不同的图画，并可以实现多人同时观看，在当时非常流行。

早期的手动电影机（kinora）

绘制大量逐渐变化的图案，通过快速翻动书页，使画面看起来好像动了起来，这种手动翻页动画（手翻书）你一定不会陌生。将这种手翻书装在可以旋转的轴上，通过轴的转动使画面看上去好像动起来的装置就是kinora。

● 历史

虽然手翻书很久以前就受到人们欢迎，但直到19世纪后半叶，才出现了可以让印刷出来的图画和照片动起来的工具。后来经过不断改进，最终发明出可以转动数百张照片、使画面动起来的"kinora"和"mutoscope"。由于看到的人物活灵活现，当时的人们十分震惊。

电影放映机（mutoscope）

将画有逐渐变化的图案的纸贴在棍子上，当棍子转动时，被箱子边缘压住的纸一张张呈现在眼前，图案看起来就像动起来了一样。

电影的出现

在19世纪，逐渐出现了各种让画面动起来的装置，与此同时，人们还发明了将风景和人物拍摄在胶片上并冲洗出来的照片。而将胶片和动画效果结合起来制造出电影放映装置的，是美国的发明大王爱迪生和被称为"电影之父"的法国的卢米埃尔兄弟。

1893年，爱迪生发明了通过窥视窗窥视动起来的照片的电影视镜。

卢米埃尔兄弟在2年后制造出了能够将照片投射到大屏幕上，供多人同时观看的装置——活动电影机，并且举办了世界上首场电影放映会。虽然当时放映的是一部连火车的声音都听不到的无声电影，但据说还是有很多观众以为一台真的火车正在向自己驶来，吓得跑了出去。

活动电影机和卢米埃尔兄弟

试着做一段动画吧

接下来要讲的内容是如何让静止的画面自如地动起来。这就是制作动画的乐趣所在。在这里，我们会讲到动画的原理和种类。

电影与动画的区别

普通电影（实拍电影）是拍摄运动中的物体，然后播放；而动画则是分别拍摄每一张静止的画面（1帧），然后将其连在一起播放。不过，现在出现了很多利用CG（计算机动画）合成的电影作品，因此二者的区别已经不是很明显了。

拍摄的帧数

普通电影每秒播放24幅（帧）画面，动画片也是每秒播放24帧画面，但动画片拍摄的并不是24幅不同的图画，而是利用大约8幅图画制作出的24帧画面。

此外，由于日本的电视台采用的是每秒播放30帧图像的播出方式，所以按照24帧制作的动画会被转化为30帧后播放。

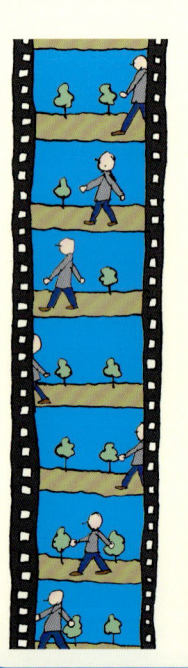

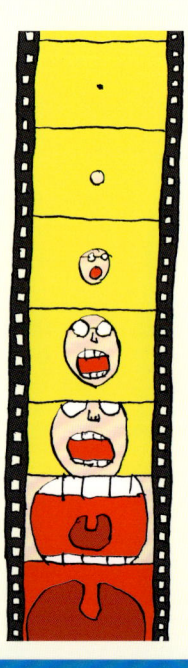

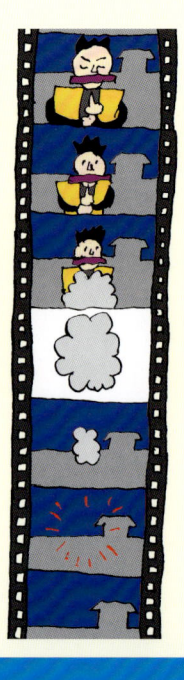

动画的种类

●手绘动画

在多张透明胶片上分别绘制人、物和风景，然后将其重叠在一起，使人、物、风景等画面分别逐渐活动进行拍摄。将拍摄的画面连在一起投射到屏幕和电视上，画面看起来就好像动起来了。

●纸动画

轻轻移动用纸做成的舞台和人物，一帧一帧拍摄而成。

●剪纸动画

将人和物的剪纸放在背景纸上，一边移动，一边逐帧拍摄。

●木偶动画

将木质玩偶等置于背景中，一边移动，一边逐帧拍摄。

●黏土动画

用黏土制成人物和背景等，逐帧拍摄。由于造型较为随意，至今仍备受欢迎。

●CG动画（计算机动画）

用计算机按顺序画出画面，将其整合在一起，使动作看上去好像是连续的。该技术不使用照相机和胶片。

试着做一段动画吧

连续拍摄多张照片，然后用电脑软件将照片连起来播放，就变成了一段动画。现在智能手机上也有类似的软件，可以把连续拍摄的照片轻松编辑成一段动画播放。

预先准备好团成一团的纸和撕碎的纸。

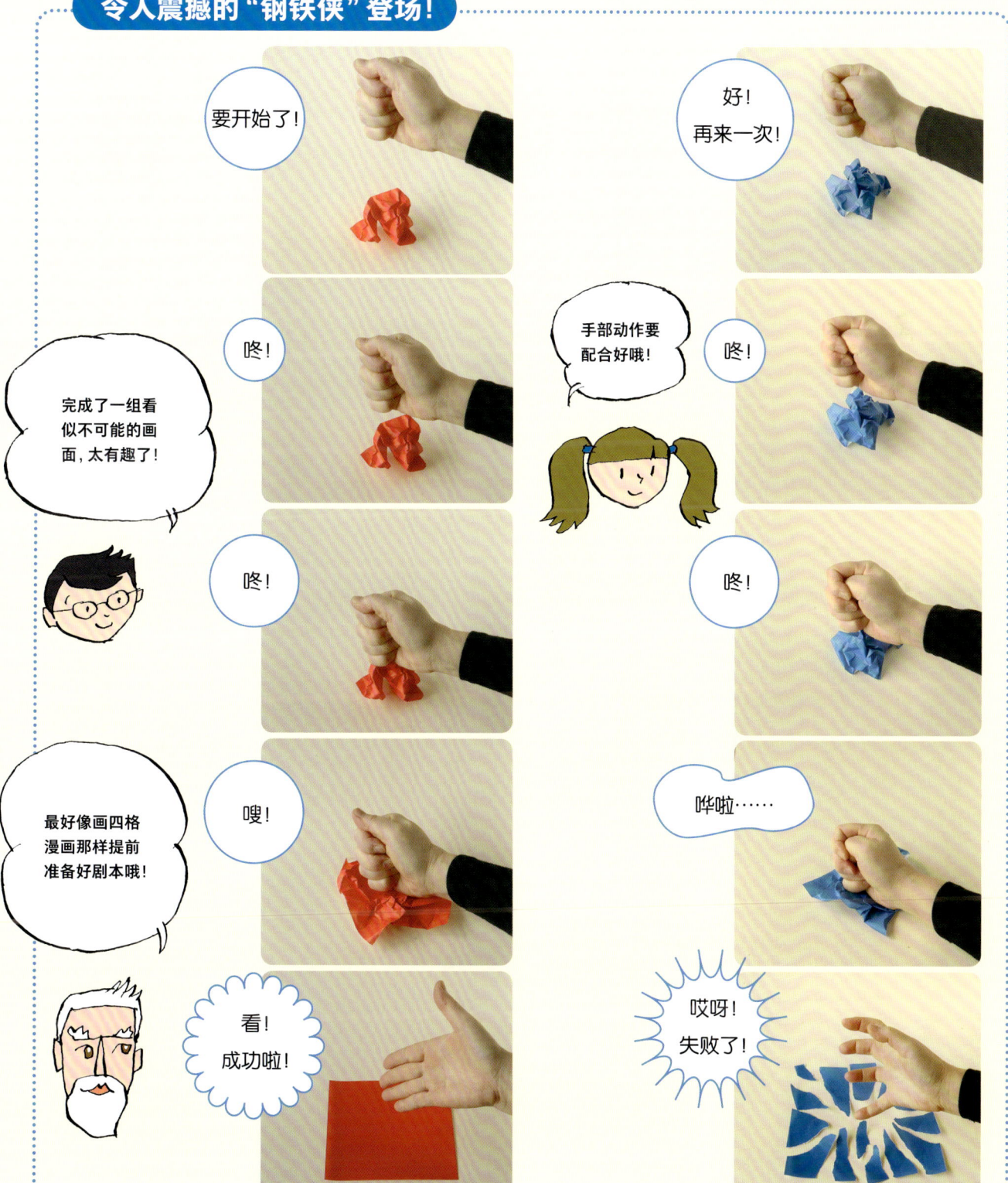

令人震撼的"钢铁侠"登场！

要开始了！

好！再来一次！

咚！

手部动作要配合好哦！

咚！

完成了一组看似不可能的画面，太有趣了！

咚！

咚！

嗖！

哗啦……

最好像画四格漫画那样提前准备好剧本哦！

看！成功啦！

哎呀！失败了！

看到颜色的原理

我们在看东西时，用到的是光的哪些性质呢？让我们一起来看一看感知颜色的原理吧。

1 光的三原色

光是电磁波的同类，白色的光里包含着各种波长的光。将红色、蓝色和绿色三种颜色的光混合在一起，就能产生白色的光。因此，这三种颜色被称为光的三原色。

此外，在蓝色的光里混入黄色的光，也能产生白色的光。所谓补色（相反色）指的就是这种关系。

在颜料中，红色、黄色、蓝色（严格来说是品红色＊、黄色和淡蓝色）被称为三原色，将这三种颜色混合在一起，会变成近似黑色的颜色。

＊品红色是一种明亮的紫红色。

光的三原色

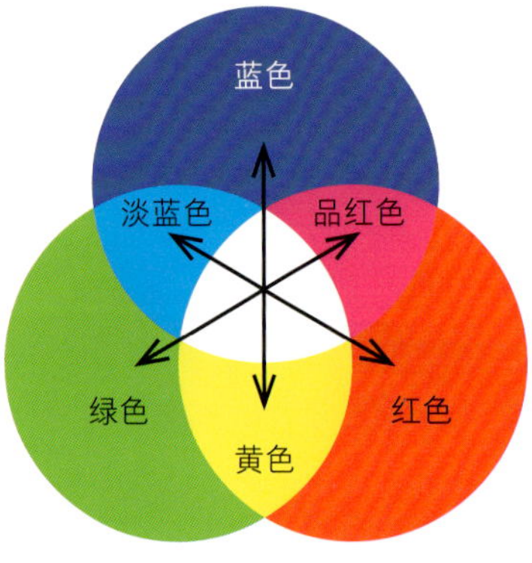

用箭头连起来的颜色互为补色关系

颜料的三原色

颜料的三原色指的是品红色、黄色和淡蓝色。

2 光的反射与颜色

苹果之所以看上去是红色的，是因为苹果表面反射回来的红色光进入了我们的眼睛。虽然光是由多种颜色混合而成的，但是其他颜色的光都被苹果表面吸收了。

当光全部反射回来时，我们看到的颜色是白色，而当光全部被吸收时，我们看到的颜色是黑色。

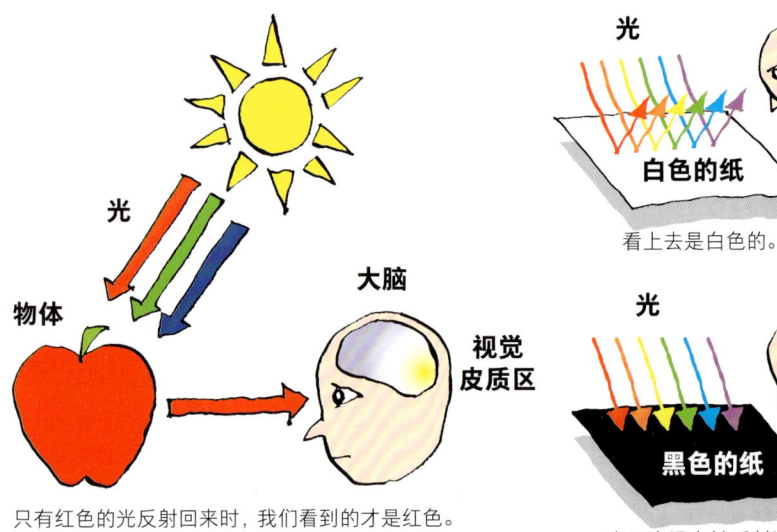

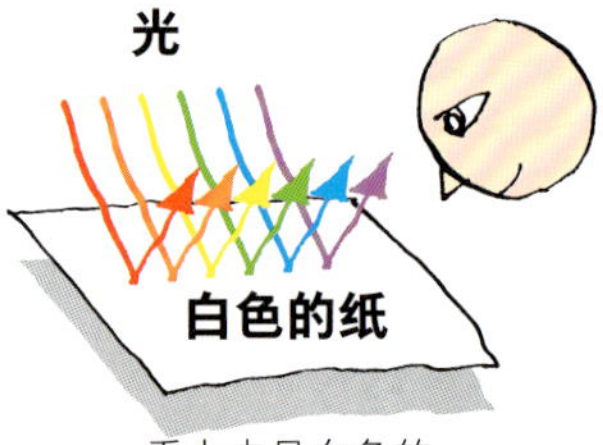

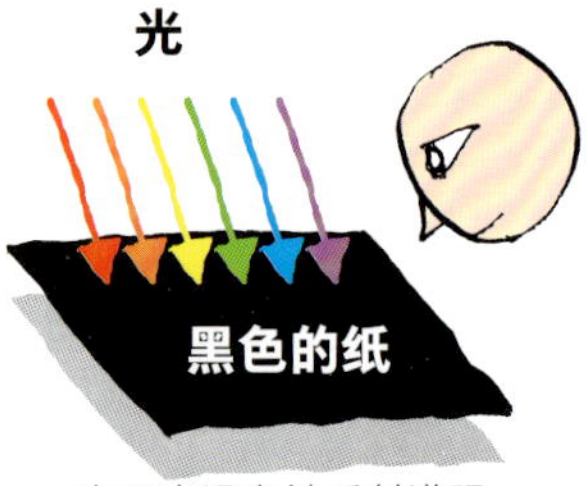

只有红色的光反射回来时，我们看到的才是红色。

看上去是白色的。

由于光没有被反射进眼睛，纸看起来是黑色的。

3 感知颜色的探测器

视网膜上遍布感知亮度的视杆细胞，以及对红色、蓝色、绿色三种颜色的光做出强烈反应的视锥细胞，它们将感知到的光转化为电信号，输送到大脑的视觉皮质区（参考第16页）。视杆细胞在较弱的光线下也能工作，而视锥细胞却只能对较强的光线做出反应。因此，我们在较暗的地方无法区分颜色。

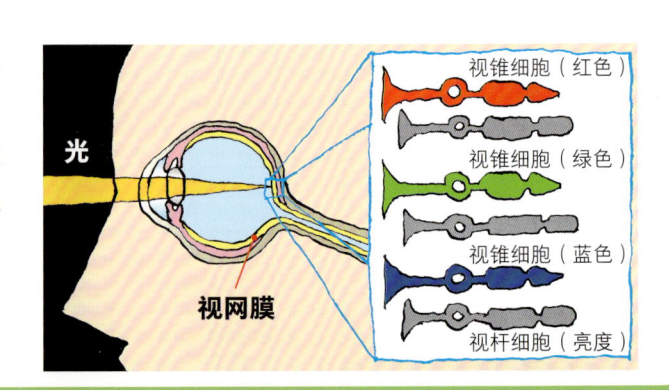

你所见到的不一定是真的

第 3 章
绘画和照片里的诡计

很久很久以前，人们就对各种视错觉现象充满兴趣和好奇。这一点我们可以从绘画和照片的历史中得到确认。在这一章中，我们将认识一些把立体世界展现在画布和纸面上的技巧。这些技巧也可以帮助我们更加自如地挥洒画笔，或拍出更有趣的照片。

不可思议的世界

无论看起来多么立体,绘画和照片终归是印在平面上的图像。
现在,让我们走进奇妙的空间世界吧。

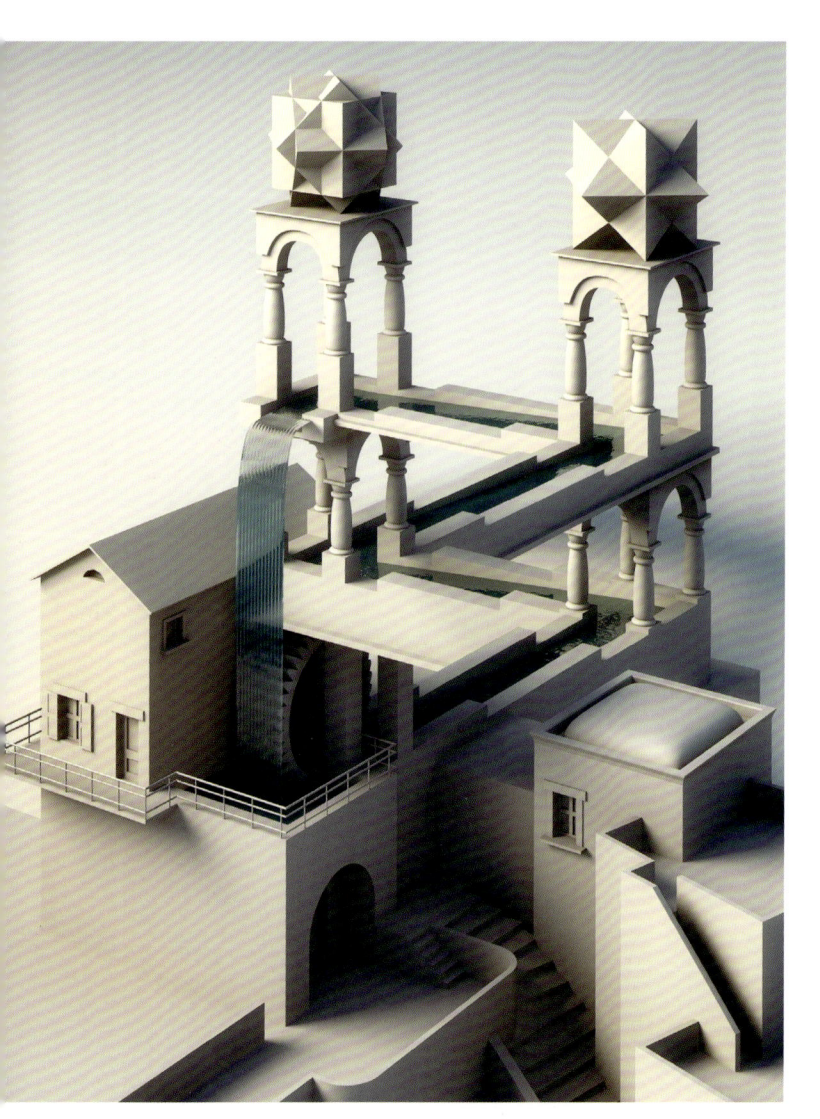

不可思议的瀑布

首先让我们来探索一下有瀑布的建筑物,看看水究竟从何而来。有一位名叫莫里茨·埃舍尔的荷兰画家曾经画了一幅画,画中描绘了奇妙的空间:水在不知不觉间,回到了瀑布的顶端。没错,本书中为我们做导游的埃舍尔博士,其原型就是这位荷兰画家。埃舍尔画过许多类似内容的画,如果你感兴趣,可以去图书馆借相关书籍来看一看。

这张图是仿照埃舍尔的画作《瀑布》,利用计算机绘制而成的。

> 按理说,水应该是从上面向下流的……

> 高处和低处是连在一起的!

诡异的彭罗斯阶梯

你注意到上图中的阶梯了吗?这个不可思议的阶梯是由遗传学家列昂尼德·彭罗斯和他的儿子数学家罗杰·彭罗斯共同提出的。埃舍尔绘制的建筑物中也使用过这一图形。

为什么? 我们生活在由长、宽、高三个维度所构成的空间里。而绘画是二维的,也就是只有长和宽的平面。

在图中,彭罗斯阶梯看起来总是在向上攀登,而且一次又一次回到原点。这种阶梯是不可能存在的,只是由于我们的眼睛受到图画的迷惑而认为它存在。

不可思议的图形

下面给大家介绍一些著名的不可思议的图形。

● **不可能的三角形**

彭罗斯三角形。在现实空间中，只有像下图那样，在特定的角度看才像一个三角形。

● **不可能的立方体**

根据内克尔立方体（Necker Cube）视错觉图绘制而成的图形。人们无法辨认出立方体的顶点在哪里。

● **无限循环的圈**

将一根纸条扭转180度，然后将两头粘贴起来做成的纸带圈——"莫比乌斯带"的立体化图形。该图形的内侧和外侧实现了无缝交替。

哎呀，这就是我感兴趣的世界呀！

©By Bjorn Christian Torrissen [CC BY-SA 3.0], via Wikimedia Commons

凹下去的画和凸出来的画

地下的入口

这是泰国一家购物中心的走廊。虽然看上去是一个陷下去的世界，然而实际上却是在平整的地面上绘制而成的图画。

钻出画框的少年

这幅名为"逃离批评"的画，将画框也作为了画面的一部分，画中的少年看上去要从画框里钻出来。

©Sleeping cat / Shutterstock.com

Pere Borrell del Caso

双重意象

> 世界不是一元化的！

在具有视错觉效果的图画中，有一种可以在一幅画里面看到两种景象的作品。这种图画看起来很神奇，因此自古以来都受到人们的喜爱。

● 兔子和鸭子

图中像剪刀一样的部分，如果看作耳朵，就会看到一只兔子；如果看作嘴，就会看到一只鸭子。

● 少妇和老婆婆

威廉·埃利·希尔/绘

将下方的黑色横线看作项链，就会看到一个年轻女子的脸；看作嘴唇，就会看到一张老年妇女的脸。

● 究竟是哪一匹斑马

照片中，两匹斑马的脸重叠在了一起，一眼看去，并不能分辨出究竟是哪匹斑马的脸。

● 狗和猫

这张图既可以看成是一只长耳狗的正脸，也可以只看浅蓝色部分，如两只坐着的猫。

是人还是壶？

咦？在我认为图上是面对面的两个人时，就看不出壶的形状了。

这是一张根据著名的视错觉图《鲁宾壶》创作而成的图片。这张图既可以看成是中间一个瓶颈较细的壶和两侧两个瓶口外展的壶，也可以只关注黑色的背景部分，看成是两个面对面的人。

为什么？ 在这张照片中，壶的轮廓也可以看成是人的轮廓。有趣的是，当你看到的是壶时，就会忽略人的存在；当你看到的是人时，就会忽略壶的存在。

男女之树

在这幅图中，树的两侧分别可以看出一张男人的脸和一张女人的脸。

条纹图案的真面目

离远一点儿看，就只能看到黑白花纹了。

这张图由黑白两色的同一张侧脸朝向右侧交替排列而成。把图片倒过来，也能看到相同的图案。

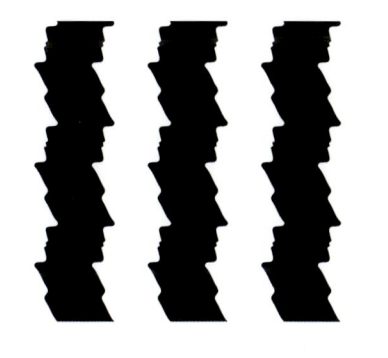

隐藏着脸的图片

你有没有不经意间发现什么东西长得像一张脸的时候呢？在这里，我们收集了一些表现面部的艺术作品和看上去像脸的生物图片。

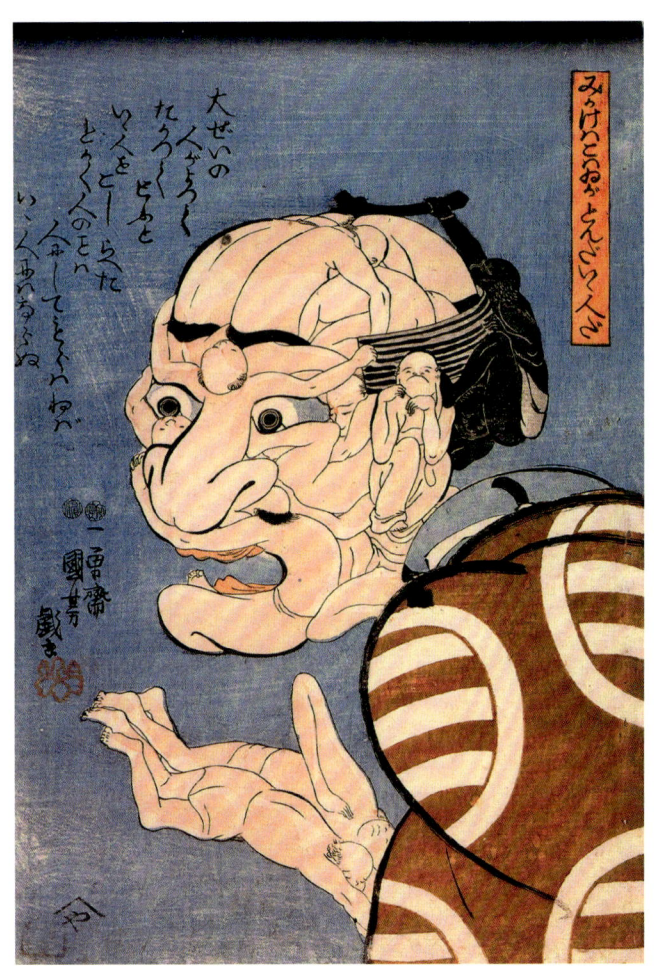

人类在相互交流的过程中构建起了复杂的社会。在这个过程中，人脑逐渐具备了识别大量面孔的功能。从下面介绍的这些照片和绘画作品中，让我们试着去感受人脑识别"面孔"的功能吧。

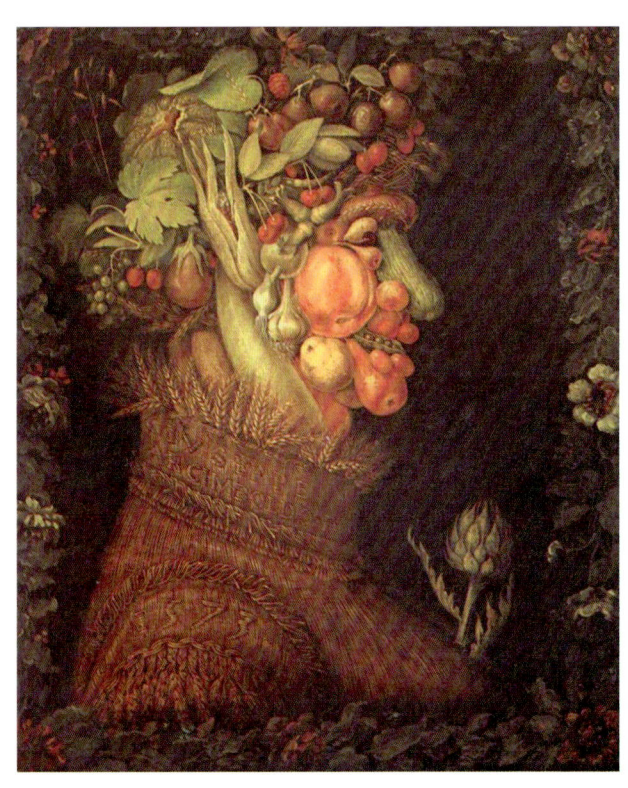

歌川国芳作品《看上去恐怖，但是个好人》（1847年）

朱塞佩·阿尔钦博托作品《夏》（1573年），卢浮宫博物馆

> 哇！眉毛是两块兜裆布呀！

用**人体**构成的面孔

这是活跃在19世纪江户时代末期的浮世绘画师歌川国芳的作品。画面想要表达的是"好人是许多人合力塑造而成"的观点。歌川国芳凭借丰富而自由的想象，创作出了令人惊叹的作品。

用**水果**构成的面孔

16世纪活跃在意大利的画家朱塞佩·阿尔钦博托将蔬菜、水果、动物等像谜面一样组合在一起，构成了人的面孔。虽然他曾经被人们遗忘了很久，但是20世纪的画家们给予了他很高的评价，他也因此再次声名远扬。

隐藏在大自然中的面孔

有观点认为,人类的大脑有一个偏好,就是把呈倒三角形排布的三个点看成是一张脸。在冬季的落叶林中,落叶叶柄在树上留下呈倒三角形的痕迹,与来年春季即将长出的新叶(冬芽)合在一起,看起来就像一张脸。此外,还有花纹看起来像脸的花朵和翅膀上长着脸形图案的昆虫。

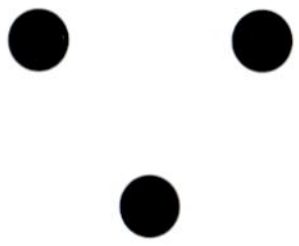

各种冬芽

日本厚朴 　　珊瑚木 　　胡桃 　　野葛

哇!虫子的背部长着一张大叔的脸!

猴面小龙兰 　　花蜘蛛的同类 　　放屁虫的同类 　　红显蝽

在家里和大街上找找看

在我们周围也有许多看上去很像脸的东西。

不要说得太多。

注意节约用电!

最近好吗?　　还可以吧。　　我们是好朋友!

整装待发!

骗人的空间

人眼可以同时看到很大的范围。为了将广阔的世界收在一幅画中，远近法应运而生。在视觉技巧中，远近法也得到了广泛的应用。

描绘世界的远近法

卡纳莱托作品 *The Grand Canal at the Salute Church*（约1729年）

> 离得越远的人越会注意微小的细节。

这是18世纪意大利威尼斯的风景。画面像电影镜头一样，展现出辽阔而深远的风景。虽然远近法由来已久，但是直到文艺复兴时期（14~16世纪），这一方法才真正得以确立。将运河河岸和建筑物的屋顶连线集中在高于地平线的一点，这种透视图法就是远近法的特点。

● 透视画法

为了将映入眼帘的物体正确地描绘出来，人们通常会用到透视画法。这是一种在二维的平面上利用线和面趋向会合的视错觉原理刻画三维物体的艺术表现手法。

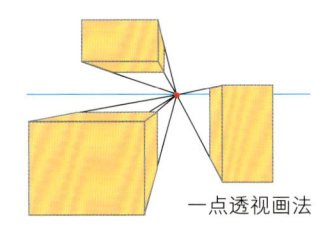

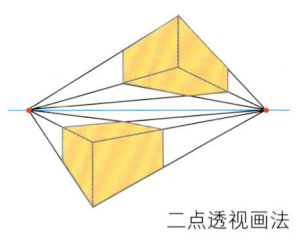

一点透视画法　　二点透视画法

● 暗箱（18世纪）

有观点认为，这幅画的作者卡纳莱托是以暗箱为工具绘制底稿的。这是一种与在箱子上开一个孔，在屏幕上放映风景的针孔照相机原理相同的设备。后来，这种设备发展成了我们现在使用的照相机。

使用了技巧的宫殿

©Photo by Livioandronico2013 [CC BY-SA 4.0], via Wikimedia Commons

咦？雕像那么小吗？

一个成年人站在雕像旁边时的大概比例

这是位于意大利罗马的斯帕达宫的一角。17世纪，一位名叫波罗米尼的建筑师利用远近法在这座建筑物中增加了一些小设计。这条看上去足有十几米长的走廊，实际长度不足9米，走廊向远处延伸的同时，路的宽度变窄，两旁的柱子也逐渐变短，走廊尽头雕像的大小大约是一个成年人身高的一半。

从侧面看到的走廊和柱子的形状

试着做一下！

艾姆斯房间（Ames Room）

两只熊大小相同，但是当把其中一只放在右侧时，就会显得它变大了。

这个房间就是利用远近法的原理搭建出来的，是一种叫作"艾姆斯房间"的视觉特效屋。虽然两只熊大小相同，但是我们会觉得站在右侧的那只看起来大得多。这是由于在我们的认知中，房间一定是上下、左右各自平行的，而"艾姆斯房间"却提供了错误的背景——房间是不平行的。我们把这样的房间当作参照物，在视觉上就会认为远处的熊小，而近处的熊大。

实际的房间形状和人偶大小

拍照小技巧

即便是用照相机拍摄同一个物体，由于拍摄方式和呈现角度不同，也能够给人带来截然不同的印象。

选择合适的"场所"表现扣人心弦的场景

这是被誉为新加坡象征的"鱼尾狮"像。从侧面看上去，它正对着200米高的高层建筑喷水，是一座十分巨大的雕像。

©Byelikova Oksana / Shutterstock.com

真相在此！

咦？其实雕像很小呀！

如果换一个角度拍摄，我们就会发现其实这座雕像比我们想象的要小得多。

©Trong Nguyen / Shutterstock.com

相对于"鱼尾狮"，这张照片更注重的是表现周围的其他景物。

利用"修饰"手法隐藏一些事物

哇！好可怕！

黑猩猩正恶狠狠地瞪着这位女士。她真的安全吗？

真相在此！

实际上，在黑猩猩和这位女士之间，隔着一层玻璃。人们利用电脑对照片进行了"修饰"处理，将倒映在玻璃上的女士的衣服抹掉了。

利用"修图"令人震惊

巨大的长颈鹿出现在城市！它正试图用脖子横扫高楼大厦！

真相在此！

实际上，这是在动物园里拍摄的长颈鹿。利用"修图"方法，可以将照片上的一部分剪切下来使用，突出希望表达的部分，创造出别具匠心的效果。

利用"构图"拍摄令人惊叹的照片

这是发生地震了吗？房子都歪向了一边。

真相在此！

嗯？！

原来这些都是建在斜坡上的房子。将照相机倾斜拍摄，使得地面看起来是水平的，此时房屋看起来就变成了倾斜的。

利用"长焦镜头"拍摄出恐怖之路

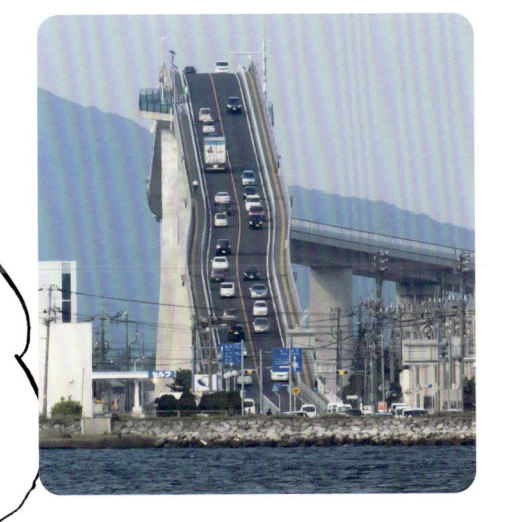

看上去车都要开到天上去了。这座大桥真的安全吗？

车会掉下来吗？

真相在此！

在拍摄电车或马拉松起点时，利用长焦镜头从正面拍摄，会产生一种扑面而来的压迫感。

左侧的照片是利用长焦镜头从远处拍摄的大桥。使用长焦镜头可以拍摄出大幅压缩景深的照片，因此坡度看上去比我们实际看到的要陡得多。如果用普通镜头拍摄，就不会看到那么陡的斜坡了。

43

挑战拍摄特效照片！

哎呀！要倒啦！

让我们一边回忆之前读过的内容，一边试着用照相机和一些小道具拍出有特殊视觉效果的照片吧。

哈哈！这是意大利著名的比萨斜塔。

利用远近法拍出神奇的照片

远近法的技巧在于利用了近大远小的原理。在拍摄物体前后关系不明显的简单风景时，对远处做虚化处理是一个非常好的拍摄技巧。

拍摄要点

- 从较低的角度拍摄，不要让周围的建筑物等进入镜头。
- 在组合的物体之间，不要出现能够展现距离的物体。
- 尽量接近位置靠前的人，远离远处的人和建筑。
- 让拍摄目标占满画面。
- 能调节光圈*的照相机，把光圈调到最大值。
- 焦距调至可拍摄到较大范围。
- 尽量选择明亮的地方进行拍摄。

*光圈：用来控制光线透过镜头进入机身内感光面光量的装置。光圈大小以字母f加数字来表示，数字越小，透光量越大；数字越大，透光量越小。

位于远处

照相机

不要压我啊！

有一个位置可以拍到把日本的奈良大佛捧在手心里的画面。

有趣的变形照片

尝试利用身边的物品拍摄变形照片吧。最重要的一点就是你的创意。

变身金鱼眼兄弟！

发现橙子星球人？

在用镜子作道具时，在面部的呈现方式和光照上花一些心思，能拍出很有趣的作品。

拍摄要点
● 在鸡蛋或球上用马克笔画上黑眼珠。
注意：道具不要用力往眼睛里塞。

拍摄要点
● 在桌子上放一面镜子，把下巴垫在镜子上进行拍摄。

魔术秀

朋友们通力合作，营造出不可思议的奇妙场景，这也是拍摄特效照片的趣味所在。大家可以尝试挑战拍摄透明人、灵异照片、UFO照片等。

将一张硬纸片插入香蕉中，然后用嘴叼住纸片，会发生什么事呢？

一生气就冒泡泡！

咦？这里难道有个透明人？

照相机

拍摄要点
● 后面有人吹泡泡的同时进行拍摄。
● 尝试做出各种表情。

照相机

拍摄要点
● 事先用钓鱼线把帽子和眼镜连在一起。
● 用钓鱼线将帽子和鱼竿连接起来。

找到合适的配合角度很重要。

拿着照相机，仔细观察周围的风景吧。

"拍什么，以及怎样拍，才能拍出有趣的照片呢？"

如果你一直心怀这样的想法，或许就会发现家里的窗户像机器人的眼睛，树木的枝杈像张牙舞爪的魔鬼，而曲面镜则像牙医用来检查牙齿的口镜，就好像大脑和照相机合为一体，在跟我们捣乱一样。

如果拍出了满意的作品，请和朋友们一起欣赏吧。

索引

A

阿尔钦博托 ……………………………… 38
埃舍尔 …………………………………… 34
艾宾浩斯错觉 …………………………… 6
爱迪生 …………………………………… 29
埃伦施泰因错觉 ………………………… 12
艾姆斯房间 ……………………………… 41
暗箱 ……………………………………… 40
凹洞错觉 ………………………………… 8

B

波根多夫错觉 …………………………… 10
波罗米尼 ………………………………… 41
补色 ………………………………… 27，32

C

CG 动画 ………………………………… 30
长焦镜头 ………………………………… 43

D

大内错觉 ………………………………… 21
德勃夫错觉 ……………………………… 6
冬芽 ……………………………………… 39
动画 ………………………… 28，29，30，31
电磁波 …………………………………… 32
电影 ………………………… 28，29，30，40
电影放映机 ……………………………… 29
电影视镜 ………………………………… 29

E

二维 ………………………………… 34，40

F

放屁虫 …………………………………… 39
菲克错觉 ………………………………… 4
费纳奇镜 …………………………… 28，29

缝隙 ………………………………… 28，29
弗雷泽错觉 ……………………………… 11

G

歌川国芳 ………………………………… 38
构图 ……………………………………… 43
光的三原色 ……………………………… 32
光圈 ……………………………………… 44

H

红显蜻 …………………………………… 39
猴面小龙兰 ……………………………… 39
侯纳 ……………………………………… 29
胡桃 ……………………………………… 39
花蜘蛛 …………………………………… 39
活动电影机 ……………………………… 29

J

贾斯特罗错觉 …………………………… 7
剪纸动画 ………………………………… 30

K

咖啡墙错觉 ……………………………… 10
卡纳莱托 ………………………………… 40
卡尼萨三角 ……………………………… 12

L

立体画 …………………………………… 23
留影盘 …………………………………… 28
卢米埃尔兄弟 …………………………… 29
鲁宾壶 …………………………………… 37

M

马赫带效应 ……………………………… 9
满月的大小 ……………………………… 7
美国 ………………………………… 4，29

莫比乌斯带 35
木偶动画 30

N

内克尔立方体 35
黏土动画 30
颞叶 16

P

彭罗斯 .... 34，35
蓬佐错觉 5
平纳错觉 19
普拉托 28

Q

棋盘阴影错觉 25

R

日本厚朴 39

S

三维 40
珊瑚木 39
少妇和老婆婆 36
圣路易斯市 4
视杆细胞 32
视觉皮质区 .... 16，32
视神经 16
视网膜 .... 16，22，32
视锥细胞 32
手翻动画 28
手翻书 29
手绘动画 30
水彩错觉 24
斯帕达宫 41

T

逃离批评 35
透视画法 40
兔子和鸭子 36

W

文艺复兴 40

X

西洋镜 29
谢泼德桌面错觉 5
新加坡 42
修饰 42
修图 43
旋转错觉 19

Y

颜料的三原色 32
颜色的同化 24
野葛 39
鱼尾狮 42
远近法 .... 40，41
约翰·艾尔顿·帕里斯 28

Z

早期的手动电影机 29
帧 30
针孔照相机 40
纸动画 30

你所见到的不一定是真的

作者简介

[日]曾木诚　主编

出生于日本东京。历任三鹰市、练马区、中野区公立小学教员，现任杉并区立小学主干教员。作为东京都小学视听觉教育研究会研究推进副委员长，曾在日本视听觉教育综合全国大会上发表大量实践演讲。

[日]市村均　文

1956年出生。作家。曾编写多部面向中小学生的书籍和参考书，尤其擅长撰写自然科学和教育类新闻报道。其执笔的书籍有《"自然现象"原来如此（全5卷）》《有益学习！原来报纸可以这样用（全3卷）》《视觉系理科事典》等。

[日]伊东浩司　图

1965年出生。2001年以前任职于日本K2设计事务所。2001年以后成为自由设计师和插画师。参与创作的书籍有《资源之书（全5卷）》《有益学习！原来报纸可以这样用（全3卷）》等。

参考文献

『人はなぜ錯視にだまされるのか？』北岡明佳（カンゼン）
『脳はなにを見ているのか』藤田一郎（角川ソフィア文庫）
『錯覚の心理学』椎名健（講談社現代新書）
『錯覚学－知覚の謎を解く』一川誠（集英社新書）
『脳の仕組みを活かせば描ける　だまし絵練習帖　～基本の錯視図形からリバースペクティブまで』竹内龍人（誠文堂新光社）
『ビジュアル美術館　第4巻 遠近法の技法』アリスン・コール、高橋裕子訳（同朋舎出版）
「イリュージョンフォーラム」（NTT コミュニケーション科学基礎研究所）
http://www.kecl.ntt.co.jp/IllusionForum/index.html
「北岡明佳の錯視のページ」（北岡明佳 / 立命館大学）
http://www.ritsumei.ac.jp/~akitaoka/

图书在版编目（CIP）数据

学会独立思考. 你所见到的不一定是真的 /（日）曾木诚主编；
（日）市村均文；（日）伊东浩司图；肖潇译. -- 北京：
北京联合出版公司, 2022.2（2022.8重印）
ISBN 978-7-5596-5066-5

Ⅰ.①学… Ⅱ.①曾… ②市… ③伊… ④肖… Ⅲ.
①儿童故事－图画故事－日本－现代 Ⅳ.①I313.85

中国版本图书馆CIP数据核字（2021）第030319号
北京市版权局著作权合同登记 图字：01-2021-1210

USO? HONTO? TRICK WO MIYABURE (1) ME NO TRICK - SAKUSHI・SAKKAKU
by MAKOTO SOGI and Text by HITOSHI ICHIMURA and Illustrated by KOJI ITO
© 2016 MAKOTO SOGI and Text by HITOSHI ICHIMURA and Illustrated by KOJI ITO
Original Japanese edition published by IWASAKI Publishing Co., Ltd.
All rights reserved
Chinese (in simplified character only) translation copyright © 2022 by Beijing United
Publishing Co., Ltd.
Chinese(in simplified character only) translation rights arranged with
IWASAKI Publishing Co., Ltd. through Bardon-Chinese Media Agency, Taipei.

Simplified Chinese edition copyright © 2022 by Beijing United Publishing Co., Ltd.
All rights reserved.
本作品中文简体字版权由北京联合出版有限责任公司所有

学会独立思考. 你所见到的不一定是真的

主　　编：[日]曾木诚
文：[日]市村均
图：[日]伊东浩司
译　　者：肖　潇
出 品 人：赵红仕
出版监制：刘　凯　赵鑫玮
选题策划：联合低音
责任编辑：李秀芬
特约编辑：李春宴
封面设计：鲁明静
内文排版：聯合書莊

关注联合低音

北京联合出版公司出版
（北京市西城区德外大街83号楼9层　100088）
北京联合天畅文化传播公司发行
北京华联印刷有限公司印刷　新华书店经销
字数20千字　889毫米×1194毫米　1/16　3.5印张
2022年2月第1版　2022年8月第2次印刷
ISBN 978-7-5596-5066-5
定价：49.00元

版权所有，侵权必究
未经许可，不得以任何方式复制或抄袭本书部分或全部内容
本书若有质量问题，请与本公司图书销售中心联系调换。电话：（010）64258472-800